Birgit Furrer-Linse

Die Schwingen der Isis

Historischer Roman

AF218895

Birgit Furrer-Linse

Die Schwingen der Isis

Historischer Roman

Bibliografische Information der Deutschen
Nationalbibliothek:
Die Deutsche Nationalbibliothek verzeichnet diese
Publikation in der Deutschen Nationalbibliografie;
detaillierte bibliografische Daten sind im Internet über
http://dnb.dnb.de abrufbar.

© 2021 Birgit Furrer-Linse

Alle Kopierrechte liegen bei Birgit Furrer-Linse

Herstellung und Verlag: BoD – Books on Demand,
Norderstedt

ISBN: 978-3-7526-8466-7

ISBN: 978-3-7526-8466-7

ISBN 978 3-752-68466-7

1.

Die Geschichte der Götter

Als die Erde noch Urgewässer war und es kein Leben auf der Welt gab, erschuf Atum sich selbst aus der Urflut. Seine Schöpfungskraft brachte sodann den Urhügel hervor, das erste Land auf der Erde, welches der Gott betrat.

Doch schon bald plagte den Gott die Einsamkeit auf dem Urhügel. So beschloss er, neue Lebewesen zu schaffen, indem er sich seinen Samen selbst einpflanzte. Aus diesem gingen seine zwei Kinder, Schu, der Gott der Luft, und Tefnut, die Göttin des Feuers, hervor. Diese beiden wiederum brachten Geb, den Gott der Erde, und Nut, die Göttin des Himmels, auf die Welt. Auch Geb und Nut pflanzten sich fort und wurden Eltern der Gottheiten Osiris, Isis, Seth und Nephthys.

Osiris erhielt von seinem Vater das Niltal als Herrschaftsgebiet und vermählte sich mit seiner Schwester Isis. Seth erwählte seine Schwester Nephthys zur Gemahlin und wurde von Geb als Herr über die Wüste eingesetzt.

Doch Seth gefiel diese Aufteilung nicht, und schon bald schlich sich Eifersucht auf den Bruder Osiris bei Seth ein. Er beschloss, seinen Bruder aus dem Weg zu räumen und so Alleinherrscher der Welt zu werden.

Während Isis schwanger war, lud Seth seinen Bruder zu einem Fest ein, auf dem er eine Holztruhe präsentierte, die dem gehören sollte, der genau in die Truhe passte. Da er vorher von Osiris

Maß genommen hatte, wusste er, dass nur dieser perfekt in die Truhe passen würde. Als Osiris sich in die Truhe legte, um sie auszuprobieren, verschloss Seth diese augenblicklich, versiegelte die Rillen mit Blei und warf die Truhe ins Meer. In Byblos wurde sie an Land gespült und von König Melkart in einem Baumstamm verschlossen, den er als einen der Pfeiler für seinen Palast wählte.

Währenddessen hatte Isis einem gesunden Sohn das Leben geschenkt, den sie Horus taufte. Diesen versteckte sie vor Seth im Nildelta bei den Menschen und machte sich dann auf die Suche nach ihrem Gemahl. Mit viel Überredungskunst konnte sie den König von Byblos davon überzeugen, Osiris' Leib aus dem Pfeiler zu befreien und freizugeben. Mit ihrem Zauber erweckte Isis Osiris Körper dann wieder zum Leben.

Doch Seth blieb die Wiedererweckung des Osiris nicht verborgen. Er tötete seinen Bruder erneut, zerstückelte seinen Leichnam und verteilte diesen im ganzen Land. Abermals machte Isis sich auf die Suche nach den Teilen ihres Mannes, um sie zusammenzusetzen und zu neuem Leben zu erwecken. Doch den Phallus des Osiris konnte sie nicht finden. Alle ihre Zaubersprüche verfehlten wegen der Unvollständigkeit des Körpers ihre Wirkung. So wurde Osiris zum Gott der Aminte, des Westlands, dem Reich der Toten.

Horus, der bei den Menschen aufgewachsen war, erfuhr von Isis von seiner göttlichen Herkunft und machte sich auf, um seinen Vater zu rächen. Es kam zu einem fürchterlichen Zweikampf zwischen

Seth und Horus. Doch keiner konnte den Kampf für sich entscheiden.

Da endlich mischte Re sich in den Kampf der beiden Streitenden ein. Er rief den Rat der Götter zusammen. Diese riefen Neith, die Göttin der Weisheit an, eine Entscheidung zwischen den beiden Kontrahenten zu treffen. Und Neith bestimmte, dass Horus fortan Herrscher über das schwarze Land Ägypten, das einst sein Vater Osiris beherrscht hatte, und Seth Herrscher über das rote Land der Wüste sein sollten.

So erzählen seit ewigen Zeiten die Priester in den Tempeln dem Volk der Ägypter die Geschichte von der Entstehung der Welt und dem nicht endenden Streit der beiden Götter Horus und Seth um die Macht im schwarzen Land. Doch auch wenn Horus letztendlich Sieger blieb, der Groll Seths, des Zerstörers, wird nie enden. Mit Seths Groll zogen Neid, Hass und Missgunst auch bei den Menschen des Landes ein.

Warum ich diese Dinge zu Anfang meiner Lebensbeichte erwähne? Ganz einfach. Weil dieser nicht endende Kampf der Götter mein Leben bestimmt. Zwei Bas wohnen in meinem Körper, wie sie verschiedener nicht sein können. Doch nur einem Ba können wir wirklich dienen, jedes weitere zerreißt uns über kurz oder lang in Stücke. Manche behaupten, ich sei von Dämonen besessen. Andere wiederum finden, ich sei von den Göttern gesegnet, weil zwei ganz verschiedene Gottheiten in mir Platz gefunden hätten und sich durch mich äußern könnten. Wieder andere halten mich für von den Göttern verflucht, da niemals die eine oder andere Gottheit in mir die Oberhand gewinnen konnte. Immer wieder sprach und handelte auch die andere Gottheit durch mich. Wahr ist, dass meine Seele zerrissen ist, ich mich hilflos fühle und oftmals nicht verstehe, was mit mir geschieht, auch wenn ich dem Warum im Laufe meines Lebens immer nähergekommen bin. Das hilft mir vielleicht zu verstehen, aber nicht das Böse in mir zu besiegen. Es ist ebenso Teil von mir wie das Gute, das ich tat. Ich gestehe, ich habe Angst vor mir selbst, vor meinen Träumen, meinen Visionen, meinen Taten. Was bleibt, ist ein verwirrter Geist, der heimatlos ist und keinen Frieden findet.

2.

Seit mehr als zwei Tagen lag Teje in den Wehen. Doch das Kind, das sie trug, wollte einfach nicht kommen. Wie sehr wünschte sich das Mädchen jetzt ihre Mutter Heket herbei, damit sie ihr in diesen schweren Stunden beistand. Doch diese war in Pi-Ramses geblieben, hatte die Tochter lediglich mit zwei Dienerinnen auf das Landgut der Familie bei Memphis gesandt, um die ungewollte Frucht fern der Öffentlichkeit auszutragen und dann verschwinden zu lassen.

Teje, die Tochter des Ta, Wesirs des Südens, war dem Pharao vor einem Jahr als Nebenfrau vor dessen Abreise in den Norden, wo er wieder einmal die Libyer aus dem Nildelta vertreiben musste, versprochen worden. Nun würde der Pharao bald aus dem Norden zurückkehren und die nun Dreizehnjährige zu sich rufen, um die Ehe zu vollziehen. Nicht auszudenken, wenn er von der Schande erführe, die Teje der Familie in der Zwischenzeit bereitet hatte. Wider aller Vernunft hatte sie sich in einen nubischen Sklaven, Sohn eines Schamanen, der als Teil einer Tributzahlung aus Nubien nach Theben gesandt worden war, verliebt, ihn verführt und war schwanger geworden.

Den Zorn der Eltern fürchtend, als sie bemerkte, dass ihre Liebschaft nicht ohne Folgen geblieben war, hatte sie sich in die Lüge geflüchtet, der junge Nubier habe ihr Gewalt angetan und ihre Ehre befleckt. Den Beteuerungen des Nubiers, dass er unschuldig sei, dem Mädchen lediglich zu Willen gewesen war, prallten an den erzürnten Eltern ab. Vor den Augen des Mädchens und deren Mutter hatte der Vater dem jungen Nubier den Kopf mit dem Schwert vom Rumpf getrennt. Doch zuvor hatte dieser Teje, deren Familie, Kinder und Kindeskinder für ihre Lüge für alle Zeit verflucht.

„Seth, du Zerstörer, Herr der Wüste und des Chaos, der Gewalt, der Verwirrung und des Verderbens, räche meinen Tod an dieser Familie und ihren Nachkommen. Lass meine Frucht wachsen und Vergeltung üben. Ich weihe dir meinen Samen, der in diesem arglistigen Mädchen heranwächst. Lass dieses Kind das Böse auf die Welt bringen. Ich bitte dich. Räche meinen Tod."

Dann war sein Kopf gefallen. Zutiefst erschrocken hatte Teje Isis, die Schutzherrin der Kinder und Gebärenden, um Hilfe angefleht und deren Schutz erbeten. Sie wusste, dass der junge Nubier von seinem Vater schon in jungen Jahren in die Welt der Magie und Zauberei eingeführt worden war. Darum jagte sein Fluch ihr kaltes Grauen ein.

Nun lag sie in den Wehen und die Hebamme, nach der die Dienerin geschickt hatte, wusste nicht mehr weiter. Wenn nicht bald ein Wunder geschah, würden Mutter und Kind sterben.

Teje fand nicht mehr die Kraft zu schreien. Lediglich ein klägliches Wimmern entrang sich ihrer Kehle. Und wieder musste sie an den Fluch denken, den der Nubier ausgesprochen hatte. Sollte er schon so schnell in Erfüllung gehen? Sollten sie und das Kind hier und jetzt sterben? Hilfesuchend betete sie zu Isis: „Oh Isis, du Göttin der Wöchnerinnen in Not. Bitte hilf mir. Dieses Kind soll dir geweiht sein, wenn du uns beide schonst. Bitte hilf! Ich weiß, ich habe Unrecht getan. Verzeih mir. Ich tat es aus Angst vor den Folgen. Bitte sieh mir meine Schuld nach und vergib mir. Nimm dieses Kind als Sühne."

Weitere Stunden vergingen, bis Isis das Flehen des Mädchens erhörte. Endlich gelang es der Hebamme, das Kind so zu drehen, dass der Kopf in den Geburtskanal gelangte. Danach ging alles sehr schnell. Wenige Minuten später war das Kind geboren, ein Mädchen mit schwarzem Flaum auf dem Kopf, tiefschwarzen Augen und einer dunkelbraunen, fast schwarzen Hautfarbe, der Hautfarbe von ägyptisch-nubischen Mischlingen. Die Hebamme gab das Kind an die beiden Dienerinnen weiter, um es waschen zu lassen, während sie die Nachgeburt Tejes versorgte.

Da plötzlich stieß eine der Dienerinnen, die das Kind gebadet hatte, einen spitzen Schrei aus.

„Die Schwingen der Isis. Seht her! Das Kind trägt auf dem Schulterblatt das Zeichen der Göttin."

Zitternd reichte sie das Kind an die Hebamme zurück, die ebenfalls ungläubig das Muttermal des Säuglings betrachtete.

„Tatsächlich," meinte diese erstaunt, sich an die Mutter wendend. „Seht her, Herrin. Dieses Kind gehört unzweifelhaft Isis. Sie hat es als das ihre erkannt." Im Stillen dachte sie weiter: „Auch wenn der Vater dieses Mädchens mir befohlen hat, das Kind nach der Geburt dem Nil zu übergeben, das werde ich nicht tun. Die Göttin würde mir ewig zürnen. Ich werde es mit mir nehmen und es zu meiner Schwester nach Theben bringen. Die sehnt sich schon so lange nach einem Kind. Doch die Götter haben ihr bis jetzt diese Freude verwehrt. Sie und ihr Mann werden dem Kind gute Eltern sein, bis zu dem Tag, an dem die Göttin das Kind ruft."

Nachdem sie sich davon überzeugt hatte, dass es der Mutter gutging, packte sie das Mädchen in das bereitgestellte Binsenkörbchen, das sie dem Nil samt Inhalt übergeben sollten, steckte ihren Lohn ein und verließ das Landhaus.

Schon am Morgen des darauffolgenden Tags stellte sie eine Amme an und brach mit dieser auf einem der vielen Schiffe Richtung Theben auf. Je schneller sie das Kind fortbrachte, umso besser. Niemand sollte seine Spur verfolgen können.

Für Teje war der Zwischenfall mit dem ungewollten Kind bald vergessen. Sie kehrte kurz nach der Geburt nach Pi-Ramses zurück und fragte nie mehr nach dem Verbleib des Säuglings. Bald schon hatte sie vergessen, dass es dieses Kind überhaupt jemals gegeben hatte.

Nach Pharaos siegreicher Rückkehr aus dem Krieg zog sie in seinen Harem ein und wurde eine der Nebenfrauen Pharao Ramses III.

So wurde ich im 3. Regierungsjahr des Pharaos Ramses III. geboren mit zwei Seelen in meiner Brust, gezeichnet als Mischling, der weder ägyptische noch nubische Wurzeln hatte. Lange Zeit verstand ich nicht, was an mir so anders war, dass ich weder zu dem einen noch zu dem anderen Volk wirklich gehörte. Nur dass ich vom ersten Tag meines Lebens an innerlich zerrissen war, dass in mir zwei Mächte miteinander stritten, das fühlte ich schon sehr bald.

3.

Ich wuchs bei Rem auf, einem Steinmetz, der am Tempelbau von Medinet Habu im Westtal Thebens Arbeit gefunden hatte, und Sita, seiner Frau, einer Heilerin und Geburtshelferin wie ihre Schwester. Sie nannten mich nach einer nubischen Göttin Anuket. Beide liebten und umsorgten mich sehr, war ich doch das, was ihnen all die Jahre gefehlt hatte, ein Kind, dem sie ihre ganze Fürsorge schenken konnten. Dass meine Haut dunkler war, als die der anderen Kinder, kümmerte sie nicht. Und wenn andere Kinder mich deshalb neckten, tröstete mich meine Mutter damit, dass ich trotzdem viel schöner sei als all die anderen Mädchen mit ihrer zwar helleren Haut, aber gebogenen Nasen, fliehenden Kinns und farblosen Augen. Meine Nase war klein und schmal, mein Kinn wohlgeformt und meine schwarzen Augen brannten wie Feuer. Wenn ich jemanden längere Zeit damit anblickte, musste dieser den Blick senken oder zur Seite ausweichen. Niemand konnte mir längere Zeit in die Augen schauen, selbst meine Eltern nicht, meinten sie dann in meinem Blick zu verbrennen.

Die ersten Jahre meiner Kindheit kann ich eigentlich als glücklich betrachten. Außer dem gelegentlichen Gehänsel der anderen Dorfkinder wegen meiner Hautfarbe war ich mit meinem Schicksal zufrieden. Ich kannte nichts anderes als diese kleine Welt und fühlte mich darin aufgehoben und geborgen. Schon früh durfte ich meine Mutter auf ihren Gängen zu Patienten begleiten. Sie zeigte mir, wie offene Wunden versorgt, gebrochene Glieder verbunden wurden und Salben und Tränke hergestellt werden konnten. Selbst zu Geburten durfte ich gelegentlich mitgehen und zuschauen, wie meine Mutter und Helferinnen des Dorfs neues Leben auf die Welt brachten. Wie immer, wenn alles gut gegangen war, wurde der Göttin Isis ein Opfer gebracht. Gab es Komplikationen, schickte meine Mutter mich sofort hinaus, denn sie wollte nicht, dass ich in jungen Jahren mit dem Tod konfrontiert wurde. Diese Seite des Lebens würde ich noch früh genug kennenlernen. Immer, wenn Osiris die Oberhand gewann und Kind oder Mutter oder beide vor sein Gericht gerufen wurden, wurde diesem Gott ein Opfer gebracht, bevor die Wächter der Totenstadt den Leichnam abholten, um diesen im Haus der Einbalsamierer auf die Beisetzung vorzubereiten.

Für uns kleine Leute war diese Prozedur der Einbalsamierung schnell geschehen. Der Verstorbene wurde ein paar Tage in Natronlauge gelegt und dann mit Binden umwickelt. Je nach den finanziellen Möglichkeiten der Hinterbliebenen lag er länger in der Lauge und war die Qualität der Binden besser oder nicht. Dann wurde er in einer Holzkiste den Angehörigen übergeben, die ihn entweder in der Wüste verscharrten oder, je nach Vermögen, in einem Familiengrab beisetzten. Damit hatten die Hinterbliebenen ihre Pflicht dem Toten gegenüber erfüllt und sein Weiterleben nach dem Tod gewährleistet. Doch natürlich gab es auch Fälle, wo die Toten einfach in der Wüste vergraben wurden, da die Familie über keinerlei Mittel verfügte, um dem Verstorbenen ein Weiterleben nach dem Tod zu ermöglichen. Dieses Versagen beschäftigte die Angehörigen dann noch viele Jahre, da es für einen Ägypter zeit seines Lebens nichts Wichtigeres und Dringlicheres gab, als ein Leben nach dem Tod zu gewährleisten.

Ich war gerade sieben Jahre alt geworden, als sich bei mir zum ersten Mal eine jener Besonderheiten zeigte, die mein ganzes späteres Leben beherrschen sollten. Wieder einmal wartete ich vor einer der Lehmhütten eines Dorfbewohners auf meine Mutter, die in der Hütte um das Leben einer werdenden Mutter kämpfte. Die Dörflerinnen im Innern riefen Isis an und beteten, während sie ihre schutzbringenden Amulette von der Flügel ausbreitenden Isis beschwörend emporhoben. Gelangweilt saß ich auf dem Boden vor der Hütte und schaute den Hühnern beim Picken im Sand zu. Wie lange würde es wohl noch dauern? Allmählich verlor ich die Geduld, und das Geschrei im Inneren der Hütte zerrte an meinen Nerven. Bald wollte ich nur noch eins, diesem entsetzlichen Geschrei ein Ende bereiten. Zornentbrannt sprang ich auf und näherte mich dem Eingang, fest entschlossen der Schreienden so lange die Kehle zuzudrücken, bis endlich Ruhe herrschte. Wutausbrüche hatte ich bis dahin schon oft gehabt. Wenn mir etwas nicht gefiel, wurde es nicht nur laut, sondern gelegentlich ging auch Geschirr zu Bruch oder eine unserer Ziegen erhielt einen Tritt. Doch eine derartige Wut, die in Mordlust ausartete, war mir bisher unbekannt.

Zitternd stand ich im Türbogen und schaute auf die schmerzgeplagte Frau herab, bereit, jeden Augenblick zum Angriff überzugehen. Doch dann brannte plötzlich das Mal auf meiner Schulter. Ich wurde innerlich ruhig, ging auf die Leidende zu, nahm einer der Dörflerinnen ein Amulett aus der Hand, legte es der Frau auf die Stirn und meine Hand auf den geschwollenen Leib: „Sieh mich an. Sieh mir in die Augen. Du wirst jetzt ruhig. Du hast keine Schmerzen mehr. Isis, die mächtige Magierin, ist bei dir. Dein Kind wird jetzt ohne weitere Zwischenfälle zur Welt kommen. Hast du es gehört? Hast du mich verstanden? Alles wird jetzt gut."

Wie unter Zwang sah die Frau mir in die Augen, konnte den Blick nicht abwenden. Ihr Körper entspannte sich. Die Wehen, die jetzt in immer kürzeren Abständen kamen, schienen ihr keinen Schmerz mehr zu verursachen, und nach einer weiteren halben Stunde brachte die Frau ein gesundes Mädchen zur Welt.

Mehr weiß ich nicht mehr, denn kurz darauf packte mich ein Schwindel, und ich fiel zuckend zu Boden. Als ich zuhause auf meinem Lager wiedererwachte, waren viele Stunden vergangen. Dies war der erster Krampfanfall meines Lebens gewesen. Nachdem er vorüber war, die Zuckungen nachgelassen hatten, war ich in einen tiefen Schlaf gefallen, aus dem mich niemand zu wecken vermochte. Als ich endlich zu mir kam, saß meine Mutter an meinem Lager und schaute mich mit großen Augen forschend an.

„Bei der Neunheit der Götter, Anuket. Du hast die heilige Krankheit der Fallsucht. Ich habe dieses Phänomen im Laufe meiner Zeit als Heilerin schon zwei Mal gesehen, doch niemals so ausgeprägt wie bei dir. Du bist nach dem Krampfanfall lange völlig ohne Bewusstsein gewesen. Das Handauflegen bei der Frau muss dich unendlich viel Kraft gekostet haben. Aber noch viel erstaunlicher ist, dass du solche Kräfte in dir hast, dass durch deine Hand die Göttin Isis zu wirken vermag."

„Ich kann mich an nichts mehr erinnern, Mutter. Ich weiß nur noch, dass mich etwas unglaublich zornig gemacht hat. An mehr kann ich mich nicht erinnern."

„Schon gut, mein Kind. Vermutlich hat dich der Schmerz der Frau gequält und zornig gemacht. Du hast Isis gerufen, und alles Weitere hat diese dann bewirkt."

Einen Augenblick lang wollte ich meiner Mutter widersprechen, denn ich wusste genau, dass dieser Zorn in mir durch die nicht mehr erträglichen Schreie der Frau ausgelöst worden war, dass ich für die Frau kein Mitleid empfunden, sondern ihr den Tod gewünscht hatte. Isis' Eingreifen hatte diese Wut in mir besänftigt, hatte mich davor bewahrt, handgreiflich zu werden. So beschloss ich zu schweigen, denn es war besser, wenn meine Mutter hiervon nichts wusste. Sollte sie glauben, was gut für sie war.

„Alle Anwesenden haben gesehen, welches Wunder Isis durch dich bewirkt hat. Du wirst sehen, das wird sich schnell herumsprechen. Schon bald werden sie aus der ganzen Umgebung kommen, um sich von dir die Hand auflegen zu lassen. Du bist begnadet, Anuket. Du bist etwas ganz Besonderes. Das habe ich sofort gespürt, als ich dich zum ersten Mal im Arm hielt."

Mein Vater war von dem Vorfall weit weniger begeistert.

„Wir sollten jedes weitere Aufsehen vermeiden, sonst kommen ganz schnell die Priester vorbei, um uns Anuket wegzunehmen. Lehne jede weitere Behandlung durch sie ab, und dann können wir nur hoffen, dass all das schnell in Vergessenheit gerät."

Doch es geriet nicht in Vergessenheit. Immer wieder kamen Menschen in verzweifelten, aussichtlosen Situationen bei uns vorbei und erbaten unsere Hilfe. Mein Vater schickte sie ausnahmslos fort. Doch wenn meine Mutter mit mir allein war, ließ sie den einen oder anderen doch eintreten und mich mein Glück durch Handauflegen versuchen. Bei manchen wirkte Isis durch mich, bei anderen nicht. Ich glaube, dies hing häufig vor allem von meiner Stimmung ab, ob Mitleid oder Wut in mir obsiegten. Doch jedes Mal danach erlitt ich einen Anfall, der mich für mindestens einen Tag in eine traumlose Bewusstlosigkeit versetzte. Und jedes Mal, wenn mein Vater mich in diesem Zustand zuhause vorfand, wurde er auf meine Mutter sehr zornig.

„Wie oft soll ich dir noch sagen, dass du das Kind mit diesen Dingen in Ruhe lassen sollst. Es wird uns allen kein Glück bringen, wenn du sie weiter in dieser Art benutzt. Sieh sie dir an. Ein jedes Mal ist sie völlig erschöpft. Irgendwann wird es sie vielleicht das Leben kosten. Oder wir bekommen Ärger mit der Obrigkeit oder Priesterschaft."

Meine Mutter nickte. Doch, sobald mein Vater nicht hinsah, forderte sie mich auf, erneut zu helfen, wenn sie mit ihren Künsten am Ende war. Bald drang mein Ruf als Heilerin weit über unser Dorf hinaus. Menschen kamen von immer weiter her, um bei uns Hilfe zu finden.

So wunderte es niemanden, als eines Tages eine Sänfte vor unserer Tür hielt und eine Palastfrau sich Zutritt zu unserer Hütte erbat.

„Ich habe von dir und deiner Tochter und deren Fähigkeiten gehört. Ihr müsst mit in den Palast kommen. Eine der Nebenfrauen Pharaos, die nach Theben gekommen ist, um im Tempel von Karnak für einen glücklichen Ausgang ihrer Schwangerschaft zu beten, liegt seit Tagen in den Wehen, und das Kind will einfach nicht kommen. Ihr seid unsere letzte Hoffnung. Kommt mit. Rettet Königin Teje und ihr Kind. Der Pharao wird euch dafür reich belohnen."

„Oder aber den Kopf vor die Füße legen, wenn etwas schief geht", meinte mein Vater abwehrend. „Es tut uns aufrichtig leid, aber Wunder können weder meine Frau noch meine Tochter bewirken. Ihr solltet jetzt besser gehen."

Auch meine Mutter wirkte skeptisch. So viel Vertrauen hatte sie in meine Fähigkeiten dann doch wieder nicht, dass sie es gewagt hätte, an den Hof zu gehen.

„Gewiss", meinte sie zurückhaltend, „meine Tochter hat schon bei manchem aussichtslosen Fall helfen können. Doch genauso oft haben die Götter kein Einsehen gehabt. Darum sollte niemand zu sehr auf ihre Fähigkeiten vertrauen."

„Keiner wird euch etwas zuleide tun, wenn ihr nicht helfen könnt. Aber außer euch gibt es keine Hoffnung mehr. Alle Ärzte Pharaos haben Teje und das Kind aufgegeben. Ihr habt also nichts zu befürchten. Kommt mit. Ich bitte euch."

Fragend blickte meine Mutter zwischen mir und meinem Vater hin und her.

„Wenn ihr nicht mitkommt, könnte man euch allerdings vorwerfen, der Gemahlin Pharaos, meiner Herrin, die Hilfe versagt zu haben. Das könnte euch schwer zu stehen kommen", drohte die Dienerin Tejes.

Seufzend willigte meine Mutter ein.

„Wir werden mit Euch gehen. Aber gebt uns Euer Wort, dass meiner Tochter und mir kein Leid geschieht, wenn wir versagen und wir hinterher auf jeden Fall unbehelligt nach Hause gehen können."

„Darauf hast du mein Wort."

Also packte meine Mutter ihren Korb zusammen, nahm mich an die Hand, und gemeinsam folgten wir der Sänfte zu Fuß.

Vor den Toren des Palasts angekommen, verschlug es mir fast die Sprache angesichts der hohen, mit bunt bemalten Figuren versehenen Außenmauern, die den Palast umgaben. Doch das Innere übertraf bei Weitem den Außenbereich. Überall waren Götterfiguren zu sehen. Bunte, in die Mauern eingemeißelte Szenen von Feldzügen der Pharaonen, wie sie ihre Feinde niederwerfen oder den Göttern opfern, zierten die Wände.

Interessiert wollte ich meine Mutter nach der Bedeutung einzelner Figuren fragen. Doch meine Mutter bedeutete mir, still zu sein und weiter der Dienerin zu folgen. Durch mit Elektrum verzierte Ebenholztüren kommend, erreichten wir schließlich eine große Bronzetür, die uns Zutritt zum Haremsbereich gewährte. Hier führte uns die Dienerin in einen abgeschiedenen Raum, in der eine Frau leise wimmernd auf einem Polsterbett lag. Diener fächelten ihr Luft zu. Zwei Ärzte standen ratlos neben dem Bett. Ihre Gesichter zeigten, dass sie die Frau bereits aufgegeben hatten. In der Ecke, auf einem thronähnlichen Sessel, saß Isettahemdjert, die erste Frau Pharaos und große königliche Gemahlin sowie Herrin des Harems, die Königin Teje nach Theben begleitet hatte, um ebenfalls den Tempel von Karnak zu besuchen. Auch auf ihren Gesichtszügen war nichts als Hoffnungslosigkeit zu finden.

Die Dienerin Tejes verneigte sich vor der großen Königsgemahlin: „Ich habe die Frau und ihre Tochter mitgebracht. Ich musste ihnen versprechen, dass man ihnen keine Schuld geben wird, wenn sie nicht helfen können."

Isettahemdjert nickte zustimmend. „Selbstverständlich nicht. Wo selbst die besten Ärzte Pharaos versagen, wie sollte da eine einfache Heilerin Schuld tragen. Tretet näher. Habt keine Furcht. Niemand wird euch etwas zuleide tun. Ich selbst sehe es als hoffnungslos an. Osiris hat bereits seinen Boten geschickt, um Teje vor sein Gericht zu rufen. Aber zuweilen ist der Wille der Götter doch unbegreiflich. Deshalb versucht euer Glück."

Meine Mutter trat vorsichtig näher, berührte den Bauch der Schwangeren, die bereits alle Farbe im Gesicht verloren hatte. Nachdem sie den Bauch und den Geburtskanal abgetastet hatte, schüttelte sie traurig ihren Kopf.

„Verzeiht mir, Hoheit. Aber ich sehe hier keine Möglichkeit, Leben zu retten. Diese Frau ist verloren."

„Ich dachte es mir", meinte die große königliche Gemahlin. „Den Versuch war es wert. Habt trotzdem Dank. Ihr dürft gehen."

Ohne mich um die anderen zu kümmern, die mich ebenfalls nicht beachteten, war ich auf die Schwangere zugetreten. Etwas zog mich magisch zu dieser Frau hin. Doch was es war, konnte ich nicht sagen. Irgendwie kam sie mir bekannt vor, obwohl ich sie nie zuvor gesehen hatte. Es war wie ein Zwang, der mich nicht losließ. Wortlos legte ich meine Hand auf ihren Leib und versengte meine Augen in ihre geschlossenen. Langsam öffnete sie diese und erwiderte meinen Blick. Ich hielt sie mit meinen Augen fest, während ich spürte, wie meine Hand wärmer wurde, eine Wärme, die in ihren Körper überging und ihr Schmerzen und Angst nahmen.

In mir klang eine ferne, mir bis dahin unbekannte Stimme. „Dieses Kind muss leben. Du kannst es retten. Halte ihren Blick fest. Halte deine Hand weiter bei ihr. Schenke ihr deine Kraft."

Was war das? Was geschah mit mir? Ich zitterte. Und dann zeigte er mir zum ersten Mal sein Angesicht. Es war Seth, der Gott des Verderbens, der mich aufforderte, dieses Leben zu retten.

„Ich brauche dieses Kind und seine Mutter. Rette sie."

Plötzlich mischte sich eine andere, mir seit langem vertraute Stimme, die Stimme der Göttin Isis, in meine Zwiesprache mit dem Gott ein: „Tu es nicht, Anuket. Sieh sie nicht länger an. Zieh deine Hand von ihrem Leib zurück. Er und seine Frucht sind verflucht. Lass los, damit sie ins Totenreich gleiten. Nur so können sie in dieser Welt keinen Schaden anrichten."

Ich wollte auf Isis hören, meine Hand zurückziehen. Doch es gelang mir nicht. Fest mit dem Bauch der Schwangeren verwurzelt lag sie auf ihm. Dann kann ich mich an nichts mehr erinnern, denn ich verlor das Bewusstsein. Als ich wieder zu mir kam, lag ich auf einem Bett im Palast, und meine Mutter saß weinend neben mir.

„Ich glaubte schon, dich für immer verloren zu haben, mein Kind. Für einige Augenblicke hast du nicht mehr geatmet. Alles Leben war aus dir gewichen. Ich bin so froh, dass es dir wieder besser geht."

„Die Frau und das Kind?", fragte ich meine Mutter aufgewühlt.

„Sie leben, beide, die Mutter und ihr Sohn. Es ist ein wahres Wunder, das du vollbracht hast. Aber es hätte dich beinahe dein Leben gekostet. Dein Vater hat recht. Ich sollte dich nie wieder mitnehmen und die Hand auflegen lassen. Das ist zu gefährlich."

Kopfschüttelnd schaute ich meine Mutter an. „Wie ist das nur möglich? Ich habe auf Befehl Seths das Böse in die Welt gelassen. Und ich konnte mich nicht dagegen wehren. Selbst Isis´ Kraft hat nicht gereicht, den Zerstörer zu bezwingen."

„Was redest du, mein Kind? Du warst so gut wie tot. Vermutlich hast du in diesem Augenblick Bilder gesehen, die nicht real waren. Was ist Böses an einem Neugeborenen, einem neuen Sohn für unseren Pharao?"

Ich sagte nichts mehr. Ich war mir sicher, meine Mutter würde mich nicht verstehen. Aber ich wusste, dass Seth zum ersten Mal über meine Schutzgöttin Isis gesiegt hatte. Er hatte mir seinen Willen aufgezwungen, mich zu seinem Werkzeug gemacht und Isis in die Knie gerungen.

Am frühen Abend betrat die große Königsgemahlin Isettahemdjert das Zimmer, in dem ich ruhte. Besorgt schaute sie mich an.

„Wie geht es dir?", fragte sie mich freundlich.

„Gut, Majestät", antwortete ich. „Es geht mir wirklich wieder gut. Ich glaube, wir können jetzt nach Hause gehen", fuhr ich an meine Mutter gewandt fort.

„Das könnt ihr, aber ihr solltet es nicht tun. Deine Fähigkeiten sind außergewöhnlich, Anuket. Deine Tochter, Sita, sollte den Priesterinnen der Isis übergeben werden, die sie ausbilden können und ihr helfen werden, ihre Kräfte zu beherrschen. Bei einem Kind wie diesem ist vermutlich so viel mehr möglich als das, was sie bis jetzt vermag. Überlege es dir und sprich mit deinem Mann darüber. Ich persönlich würde mich für eine Aufnahme deiner Tochter in den Tempel verwenden. Sie ist ein Geschenk der Götter und gehört den Göttern."

„Ich werde es mit meinem Mann besprechen", erwiderte meine Mutter erbleichend. „Ich danke Eurer Majestät für dieses großzügige Angebot."

Energisch zog meine Mutter an meinem Arm als Zeichen dafür, dass wir nun besser gehen sollten.

Die große Königsgemahlin reichte meiner Mutter zum Abschied noch zwei Goldstücke. „Für den großen Dienst, den ihr Pharao erwiesen habt. Und denk an meine Worte. Deine Tochter gehört in den Tempel."

Damit waren wir entlassen. Eilig machte meine Mutter sich auf den Heimweg, mich hinter sich herziehend. Aufgeregt platzte sie in unsere Hütte: „Stell dir vor, Rem, was die große Königsgemahlin möchte. Wir sollen unsere Tochter dem Tempel der Isis übergeben. Das werde ich niemals zulassen. Wir müssen unsere Sachen packen und uns anderswo niederlassen, irgendwo, wo uns niemand kennt. Ich habe Angst, dass sie sonst kommen werden und uns unser Kind wegnehmen."

„Was sagst du da?", fuhr mein Vater entsetzt auf. „Sie kommen und holen Anuket sonst. Ich habe dir immer gesagt, es bringt uns kein Glück, wenn du die Fähigkeiten unseres Kinds öffentlich machst. Nun haben wir die Bescherung. Ja", fuhr er nach einigem Überlegen fort, „wahrscheinlich ist es wirklich das Beste, wenn wir gleich morgen von hier fortgehen. Lass uns schlafen gehen. Morgen früh hole ich meinen restlichen Lohn auf der Baustelle ab und sage, dass mein Bruder sehr krank ist und wir für einige Zeit von hier fortmüssen, um ihm und seiner Familie zu helfen. Wir gehen nach

Norden. Dort gibt es genügend Baustellen, auf denen ich eine neue Arbeit finden kann. Während ich fort bin, packst du unsere Sachen zusammen. Bei Einbruch der Dunkelheit morgen Abend brechen wir auf. Ganz egal was für Fähigkeiten Anuket hat, ich lasse mir meine Tochter nicht wegnehmen. Und du, Sita, versprichst mir, dass du sie in Zukunft nie wieder zu einem Kranken mitnehmen wirst. Versprich es."

„Ich verspreche es dir, Rem. Ganz gewiss nicht. Ich will mein Kind nicht verlieren, ebenso wenig wie du."

Damit war die Sache zwischen meinen Eltern entschieden. Mich fragte keiner nach meiner Meinung, noch wie es mir ging nach allem, was ich die letzten Stunden mitgemacht und erlebt hatte. Dass Seth durch mich gewirkt hatte, dass er Pentawer, dem Sohn Pharao Ramses III. und Tejes gegen den Rat der Götter auf die Welt geholfen hatte, das ahnte niemand. Er und seine Mutter hätten sterben sollen. Doch nun lebten sie. Und das sollte einmal schreckliche Folgen für ganz Ägypten haben.

Gewiss hatte die große Königsgemahlin recht gehabt, hatte als Einzige erkannt, welche Kräfte in mir stritten und dass ich Hilfe brauchte. Wäre ich vielleicht damals schon in den Dienst der Göttin Isis getreten, manches hätte abgewendet werden können, und Seth hätte es gewiss nicht geschafft, in dem Maß Macht über mich zu erlangen, wie es geschehen sollte. Doch über verpasste Chancen und Möglichkeiten nachzudenken ist müßig. Das Schicksal nimmt stets seinen Lauf.

4.

Mein Vater fand auf der Baustelle zur Erweiterung des Heiligtums von Abydos neue Arbeit. Wir erwarben von einem Teil des Goldes, das meine Mutter von der Königin geschenkt bekommen hatte, eine Hütte in der Nähe der Baustelle. Schon bald hatte meine Mutter sich einen neuen Kundenstamm als Heilerin erworben, denn in der Nähe von Baustellen gab es immer Unfälle, und kundige Frauen waren gesucht. Mich nahm sie zu keinem Krankenbesuch mehr mit, sondern ließ mich den Haushalt verrichten. Ich kochte, spülte das Geschirr am Fluss, wusch dort auch unsere Wäsche, fütterte unsere Hühner und die Ziege, die wir uns angeschafft hatten, und gelegentlich durfte ich beim Zubereiten von Salben und Heiltränken mitwirken. Meine Mutter erklärte mir die Wirkung der einzelnen Kräuter und welche bei welchen Leiden angewandt werden sollten. Doch mehr gestattete sie mir nicht zu tun.

Im Dorf waren meine Eltern bald anerkannt. Doch mich betrachtete man stets mit einem gemischten Gefühl, passte meine dunkle Hautfarbe doch nicht zu der Hautfarbe meiner Eltern. Nur sagte niemand etwas deswegen, waren doch fast alle über kurz oder lang auf die Hilfe meiner Mutter angewiesen.

So erreichte ich mein dreizehntes Lebensjahr, ohne dass weitere Vorkommnisse mein Leben aus der Bahn warfen. Hin und wieder durchlitt ich einen Anfall. Doch er war nie wieder lebensbedrohlich wie in jener Nacht, als ich das

Leben des Pharaonensohns rettete. Mein Leben wäre wohl auch weiter ruhig verlaufen, wenn ich nicht plötzlich gespürt hätte, dass fremde Augen mich verfolgten. Es war einer der Nachbarjungen, dessen durchdringender Blick mich ahnen ließ, was er von mir wollte. Anfangs ignorierte ich ihn, ließ ihn stehen, wenn er versuchte mich anzusprechen. Allmählich jedoch wurde er aufdringlicher und frecher, stellte mir immer häufiger nach, und eines nachmittags am Fluss versuchte er sogar mich zu küssen. Zornig riss ich mich von ihm los.

„Versuch das nie wieder, oder du und deine ganze Familie, ihr werdet brennen." Mein Blick durchbohrte ihn dabei dermaßen, dass er verlegen die Augen abwenden musste. „Nie wieder!", zischte ich und ließ ihn stehen.

Etliche Dorfbewohner, die Zeugen des Vorfalls geworden waren, blickten mir kopfschüttelnd hinterher. Ganz so abweisend hätte ich nun auch nicht reagieren müssen, meinten viele. Damit wäre die Angelegenheit erledigt gewesen, wäre nicht drei Tage später die Hütte des Jungen mit seiner Familie und ihm darin niedergebrannt. Sicher war, dass das nicht gelöschte Herdfeuer, vom Wind des nachts entfacht, das Stroh der Hütte in Brand gesetzt hatte. Schnell hatte es sich ausgebreitet und das Innere der Lehmhütte entflammt. Niemand im Innern der Hütte war der lodernden Glut entkommen. Obwohl die Ursache klar war, wurde ich von diesem Tag an von allen Dorfbewohnern gemieden. Hinter meinem Rücken schimpften sie mich die schwarze Hexe, bezichtigten mich böser

Zauber und der Magie und hätten mich am liebsten aus ihrer Gemeinschaft verjagt. Allein die dringend benötigten Künste meiner Mutter bewahrten uns davor, aus dem Dorf verscheucht zu werden. Doch ich war von nun an eine Ausgestoßene, um die jeder einen Bogen machte. Niemand sprach mehr mit mir oder grüßte mich. Ich war einsam, gefangen in meiner dunklen Haut, die mich von den anderen abzugrenzen schien.

Und dann kamen die Träume, verwirrend und angsteinflößend. Wenn ich am Morgen erwachte, war ich schweißgebadet und zitterte am ganzen Körper. Doch an den Inhalt der Träume konnte ich mich niemals erinnern. So sehr ich es auch versuchte, es war weg, hüllte sich ins Dunkel des Vergessens. Doch dass mir ihr Inhalt Furcht einflößte, das wusste ich genau.

Ich war gerade vierzehn geworden, als das Schicksal erneut in mein Leben eingriff. Meine Mutter wurde von Dorfbewohnern zu einem Unfall am Tempel gerufen, bei dem sich einer der Arbeiter wahrscheinlich einen Fuß gebrochen hatte.

„Du bleibst hier und mischt die Salben zu Ende, Anuket. Ich weiß nicht, wie lange es dauern wird, bis ich zurück bin. Wenn dein Vater nach Hause kommt, beginnt mit dem Essen. Ich komme, sobald ich kann."

Einem Impuls folgend, hielt ich meine Mutter an der Hand fest, während sie nach ihrem Korb griff.

„Geh nicht, Mutter. Lass einen anderen nach dem Verletzten schauen. Bitte!"

Eine unheimliche Angst hatte mich ergriffen. Woher sie kam, wusste ich nicht. Doch sie war da, real, greifbar, fühlbar.

„Ich beeile mich, Kind. Ich werde bald wieder zurück sein," beschwichtigte meine Mutter mich. Dann folgte sie den Dorfbewohnern.

An jenem Abend warteten mein Vater und ich lange auf ihre Rückkehr. Spät in der Nacht kehrte sie auf einer Bahre liegend heim. Die Dorfbewohner, die sie brachten, berichteten uns, dass sich beim Versorgen des Verletzten erneut ein Stein aus der Mauer gelöst habe, auf sie herabgestürzt sei und sie unter sich begraben habe.

Ein Blick auf ihren zerquetschten Körper zeigte mir, dass es keine Hoffnung gab, kaum noch Leben in ihr war. Mein Vater ließ sie in die Hütte tragen und schickte die Dorfbewohner fort. Dann brach er in Tränen aus.

„Ach Sita! Du kannst, du darfst mich nicht allein lassen. Was soll aus mir und unserer Tochter werden ohne dich?"

Tröstend legte ich den Arm um ihn. Doch er konnte und wollte sich nicht beruhigen.

Verzweifelt setzte ich mich an die Bahre meiner Mutter, legte meine Hand auf ihren Bauch. Doch es wollte mir nicht gelingen, zu ihrem Ka und Ba durchzudringen und das Leben in ihren Körper zurückzuholen.

Im Morgengrauen erwachte sie noch einmal kurz. Sie ergriff meine Hand und schaute mich lange und durchdringend an.

„Es ist Zeit für die Wahrheit, mein Kind. Viel Zeit bleibt mir nicht mehr. Du sollst es wissen, bevor

Osiris seinen Boten sendet, um mich zu holen. Ich habe dich nicht geboren, Anuket. Und dein Vater hat dich nicht gezeugt. Deine Tante Nefer brachte dich als Säugling zu uns. Du hättest als ungewolltes Kind im Nil ertränkt werden sollen. Doch deine Tante brachte das nicht über sich, zu mysteriös waren die Umstände deiner Geburt. Und dann war da noch dieses Zeichen auf deinem rechten Schulterblatt. Nefer hatte Angst, sich gegen die Göttin Isis zu versündigen, wenn sie den Befehl deines Großvaters ausführen würde." Meine Mutter rang nach Atem. Der Stein hatte wohl ihre Lunge geschädigt. „Du bist das Kind einer hochstehenden Ägypterin, die damals fast selbst noch ein Kind war, als sie dich gebar. Sie hatte sich mit einem nubischen Sklaven vergnügt, was nicht ohne Folgen geblieben war. Der Sklave wurde hingerichtet, und du solltest für immer in den Fluten des Nils verschwinden." Ein schweres Husten unterbrach den Wortfluss meiner Mutter. „Aber deine Tante brachte dich zu uns, weil sie wusste, dass wir uns schon immer ein Kind gewünscht hatten. Ich finde, das solltest du wissen, bevor ich gehe. Rem, pass gut auf sie auf. Sie braucht dich jetzt."

Ein letztes Mal bäumte meine Mutter sich auf. Dann hörte sie auf zu Atmen, und ihr Ka und Ba verließen ihren Körper. Verzweifelt warf ich mich über ihren Leib, wollte das Leben in sie zurückholen. Doch alles blieb stumm. Nur das Schluchzen meines Vaters war zu vernehmen.

„Sie ist tot, Anuket. Du kannst ihr nicht mehr helfen. Ich gehe und hole die Sempriester, damit sie sie für die Beisetzung vorbereiten können."

Mit diesen Worten ließ er mich allein zurück. Und so sehr ich in diesem Augenblick auch trauerte, weil etwas für mich wirklich Bedeutendes aus meinem Leben gerissen worden war, so sehr beunruhigte mich die Eröffnung meiner Mutter. Wer war ich? Was war ich? Woher stammte ich? Was war mein Weg als Tochter einer Mutter, die ihr Kind nicht wollte? All diese Fragen überschlugen sich in mir.

Als mein Vater mit den Sempriestern zurückkam, die den Leichnam meiner Mutter auf einen Karren legten, um ihn ins Haus des Todes zu überführen und nach Art der kleinen Leute einzubalsamieren, saß ich wie versteinert auf dem Boden unserer Hütte und sah plötzlich Bilder verschwommen vor mir von längst vergangenen Ereignissen – ein gutaussehender junger Nubier, dem der Kopf abgeschlagen wurde und der in seiner Wut und Verzweiflung Seth vor seinem Tod heraufbeschwor, ein junges Mädchen, das mich unter Todesqualen zur Welt brachte und Isis, die Magierin, um Beistand anflehte. – War das meine Vergangenheit? Ein erlösender Krampfanfall beseitigte die Bilder in meinem Kopf. Schließlich hüllte mich ein tiefer, traumloser Schlaf ein, aus dem ich erst nach zwei Tagen wiedererwachte.

Als ich die Augen aufschlug, saß mein Vater neben meinem Lager. Tiefe Schatten lagen unter seinen Augen, die mir verrieten, dass er schon lange nicht mehr geschlafen hatte.

„Anuket, da bist du ja wieder. Wie geht es dir, mein Kind?"

Ich brauchte einen Augenblick, um zu mir zu kommen und zu begreifen, dass ich nicht alles geträumt hatte.

„Mutter, sie ist tot?"

Traurig nickte mein Vater. „Ja, Anuket, sie ist tot. Wir zwei sind jetzt ganz auf uns gestellt. Ich habe im Westen ein Grab für sie ausgesucht. Ich glaube, es würde ihr gefallen. Wenn es dir besser geht, werde ich es mit ein paar Reliefs ausschmücken, bevor wir sie darin beerdigen."

„Ist es wahr, was sie mir zum Schluss erzählt hat, dass ich nicht euer Kind bin, Vater? Sag mir die Wahrheit. Bitte."

Seufzend nickte mein Vater. „Ja, Anuket, es ist wahr. Aber wir haben dich immer so geliebt, als seist du unser Kind. Und du wirst auch für immer meine Tochter bleiben, ganz gleich was passiert."

„Wer sind meine Eltern?"

„Mehr als deine Mutter dir erzählt hat, wissen wir nicht. Wir wollten es auch nie wissen. Wichtig warst du für uns, nur du. Und du wirst für mich auch immer das Wichtigste bleiben."

„Aber jemand muss doch wissen, wer meine Eltern sind."

„Ist das so wichtig, mein Kind? Dein Vater soll tot sein, und deine Mutter wollte dich nicht. Aber wir, Anuket, wir haben dich gewollt und geliebt. Und ich liebe dich noch immer."

„Aber ich muss doch wissen, wer…"

„Wenn du mehr wissen willst, frag deine Tante. Sie ist die Einzige, die dir deine Fragen beantworten kann. Doch bezweifle ich, dass sie dies tun wird. Sie hat damals offensichtlich gegen ein ausdrückliches Gebot deines Großvaters verstoßen und dich am Leben gelassen. Was glaubst du, würde mit ihr geschehen, wenn das herauskäme? Ihr Leben wäre verwirkt. Nein, Anuket, sie wird dir gewiss nichts sagen."

„Sie muss!", antwortete ich zornig. „Schließlich habe ich ein Recht darauf, zu erfahren, wer ich bin."

Traurig schüttelte mein Vater den Kopf. „Manchmal ist es besser, die Vergangenheit auf sich beruhen zu lassen."

„Manchmal, das mag wohl sein. Aber manchmal eben auch nicht. Seit meiner Geburt fühle ich mich zerrissen. Ich habe schon immer gespürt, dass irgendetwas mit mir nicht stimmt. Schon allein die Farbe meiner Haut, die mich von den Ägyptern unterscheidet. Nur die Wahrheit kann mir helfen, Vater, wenn ich auch nichts ändern kann, so doch wenigstens verstehen. Nach Mutters Beisetzung werde ich in den Norden gehen und Nefer aufsuchen. Ich werde sie fragen. Ich muss sie fragen."

„Nein, Anuket. Bleib hier. Wenn du mit ihr sprechen willst, dann werde ich ihr von einem Schreiber eine Nachricht zukommen lassen und sie bitten, zur Beisetzung deiner Mutter zu kommen. Dann kannst du sie fragen, was immer du willst. Nur glaube ich nicht, dass sie dir antworten wird."

Widerwillig stimmte ich zu. Ich wollte eigentlich nicht warten. In mir brannte ein Feuer, das gelöscht werden wollte. Ich brauchte Klarheit, um mich und das, was mit mir geschah, zu verstehen.

5.

Zur Beisetzung meiner Mutter war fast das ganze Dorf erschienen, denn es gab niemanden, der ihr nicht in irgendeiner Weise verpflichtet gewesen wäre. Man sprach gut über das Wirken meiner Mutter, wann sie wem geholfen hatte. Auch meine Tante war gekommen, und ich brannte darauf, endlich mit ihr allein sprechen zu können. Als der Stein vor die künstliche Höhle, in der die Mumie meiner Mutter nun für alle Zeit ihre Ruhe finden sollte, geschoben worden war, kehrten wir in unsere Hütte zurück.

„Wenn du mich brauchst, Rem, dann bleibe ich gerne noch eine Weile", meinte meine Tante, während sie das Essen für uns zubereitete.

„Danke, aber das wird nicht nötig sein. Anuket und ich kommen allein zurecht," erwiderte mein Vater.

Da endlich konnte ich nicht länger an mich halten. „Tante Nefer, was weißt du über meine Geburt, über meine wirklichen Eltern? Bitte, sag mir, was du weißt."

Erstaunt schaute meine Tante meinen Vater an.

„Hast du ihr etwa erzählt, was damals geschehen ist?", fragte sie meinen Vater entsetzt.

„Ich nicht, aber Sita auf dem Sterbebett. Und ich glaube, das war richtig. Jeder sieht auf den ersten Blick, dass sie nicht unser Kind sein kann. Schlimme Verdächtigungen waren zuweilen die Folge, nämlich dass Sita mich mit einem Nubier betrogen haben müsse und ähnliches. Du weißt ja, wie die Menschen sind. Irgendwann musste sie die Wahrheit erfahren."

„Ja, vielleicht wenn es an der Zeit ist, dass sie den Dienst im Tempel der Isis aufnimmt. Du weißt, dass Isis ihre Hand auf sie gelegt hat, ihr bei der Geburt ihr Zeichen gegeben hat. Willst du sie schon jetzt dem Tempel übergeben."

„Nein!", brach es aus meinem Vater hervor. „Noch gehört sie zu mir. Sie ist meine Tochter, egal was andere sagen."

„Ihr habt mir damals euer Wort gegeben. Nur unter dieser Bedingung habe ich sie bei euch gelassen," mahnte Nefer.

„Ich habe es nicht vergessen. Aber noch ist die Zeit dafür nicht gekommen."

„Ich möchte wissen, wovon ihr sprecht", mischte ich mich erneut zornig in das Gespräch.

Nefer seufzte. „Wie ich zu dir gekommen bin, hat dir deine Mutter ja erzählt. Dass ich den Auftrag deines Großvaters nicht ausführen konnte, lag an dem Muttermal auf deiner Schulter. Dieses Zeichen, Anuket, stellt die Schwingen der Göttin Isis dar. Du stehst unter ihrem Schutz. Wie hätte ich mich gegen die Göttin vergehen können? Darum habe ich dich zu Sita und Rem gebracht. Ich wusste, sie würden gut für dich sorgen, bis die Göttin dich in ihren Kreis aufnehmen wird."

„Aber wer sind meine Eltern?"

„Das muss im Verborgenen bleiben, Anuket. Ich werde es dir nicht sagen, würde ich damit doch den Zorn der Mächtigen auf mich ziehen. Das kann sich niemand wünschen. Also frag nicht länger. Dieses Geheimnis werde ich mit in mein Grab nehmen."

Damit war das Thema für meine Tante erledigt. Alles Betteln half nichts. Nefer schwieg.

So lebte ich fortan allein mit meinem Vater in der Hütte weiter, versorgte den Haushalt und bereitete Salben und Tränke zu, wie meine Mutter es mir beigebracht hatte. Krankenbesuche stattete ich keine ab. Das hatte mir mein Vater strengstens verboten.

Gelegentlich besuchte ich meinen Vater bei seiner Arbeit an der Erweiterung des Tempels von Abydos, sah zu, wie er Reliefs in den Stein des Tempels von Pharao Sethos schlug. Dabei beobachtete ich oft die Priester bei ihren Zeremonien zu Ehren des Gottes Osiris. Zuweilen legte ich auch Blumen vor dem kleinen Schrein der Göttin Isis nieder und betete um Erkenntnis. Doch alles um mich herum blieb stumm. Selbst meine Anfälle waren in dieser Zeit weniger geworden. Und wenn sie doch kamen, waren sie weit weniger heftig als früher.

Mein Leben änderte sich schlagartig in meinem sechzehnten Lebensjahr. Er trug den Namen Ramose, war zwanzig Jahre alt und Priesteranwärter in dem außerhalb unseres Dorfes abseits in der Wüste gelegenen kleinen Sethtempel. Zu Anfang schenkte ich ihm keine Beachtung. Doch als er mir immer häufiger über den Weg lief, wurde mir allmählich klar, dass dies kein Zufall sein konnte. Da er gut aussah, ein makellos geschnittenes Gesicht, einen muskulösen, starken Körper und ein Lächeln hatte, das mein Herz schmelzen ließ, erwiderte ich sein Lächeln eines

Tages dann doch. Da wagte er es zum ersten Mal mich anzusprechen.

„Verzeih. Darf ich dir den Korb mit der Wäsche abnehmen. Er ist gewiss schwer."

„Aber ich kenne dich doch gar nicht. Und ist es nicht unter deiner Würde als Priester, einem Mädchen die Wäsche zu tragen?"

„Erstens bin ich nur Priesteranwärter und zweites auch nur ein Mann, der einem schönen Mädchen nur schlecht widerstehen kann. Also gib ihn mir, und zeig mir den Weg."

Zögernd gab ich ihm den Korb. Sein Lächeln verzauberte mich, sodass ich nicht nein sagen konnte.

„Ich heiße Ramose. Wie ist dein Name?"

„Anuket, Tochter des Rem."

„Anuket, der Name einer nubischen Gottheit. Der Name passt zu dir. Stammt einer deiner Eltern aus Nubien?"

„Nein, meine Eltern sind beide Ägypter. Meine Mutter war Heilerin. Sie ist vor zwei Jahren am Bau des Sethos Tempels durch einen Unfall ums Leben gekommen. Seither leben mein Vater und ich allein in unserer Hütte."

„Dann finde ich deine dunkle Hautfarbe umso erstaunlicher", bemerkte er neugierig.

„Vielleicht gibt es in der Ahnenreihe einer meiner Eltern nubisches Blut, das nun bei mir durchgekommen ist", meinte ich erklärend, eine Ausrede, die ich in letzter Zeit häufiger benutzte, um meine Hautfarbe zu erklären. Ich wusste, dies war ein Phänomen, das es tatsächlich manchmal gab, dass sich nach Generationen die dunkle Hautfarbe eines Vorfahren durchsetzen konnte.

„Möglich," meinte er lächelnd, während er den Korb vor unserer Hütte absetzte. „Ich würde dich gern wiedersehen, Anuket. Morgen Abend am Fluss. Abgemacht! Du wirst doch kommen?"

Ich zögerte. Er gefiel mir. Warum also sollte ich ihn nicht wiedersehen?

„Ich werde sehen, was sich machen lässt. Aber jetzt muss ich mich sputen. Mein Vater kommt bald von der Arbeit heim. Bis dahin muss ich das Essen vorbereitet und die Wäsche aufgehängt haben."

„Dann bis morgen."

„Ja, bis morgen," antwortete ich, fest entschlossen hinzugehen. Doch als er fort war, kamen mir erste Zweifel. Ich kannte ihn eigentlich überhaupt nicht. Sollte ich tatsächlich zu diesem Treffen gehen? Grübelnd bereitete ich das Abendessen vor. Als mein Vater kam und wir uns um den Topf niederließen, sah er mich plötzlich fragend an: „Was ist los, Anuket? Du bist heute so still. Stimmt etwas nicht?"

„Doch, Vater. Alles ist gut. Ich bin nur etwas müde. Ich werde mich früh schlafen legen."

„Tu das, mein Kind. Es geht dir doch gut?"

„Ja, Vater, mach dir keine Sorgen. Mir geht es gut."

Als ich auf meinem Lager lag, erschien mir das Gesicht des jungen Mannes erneut. Und plötzlich begriff ich, dass ich mich zum ersten Mal in meinem Leben verliebt hatte. Natürlich würde ich zu dem Treffen gehen. Und ich würde niemandem etwas davon erzählen. Dies sollte vorerst mein Geheimnis bleiben.

Er wartete bereits am Fluss auf mich. Gemeinsam schlenderten wir am Ufer entlang. Er erzählte mir von sich und seinem Gott, während ich schweigsam lauschte.

„Du scheinst deinem Gott sehr verbunden zu sein. Warum hast du ausgerechnet den Gott Seth für dich gewählt? Es gibt so viele andere Götter, denen du dienen könntest. Seth ruft bei vielen Menschen einen bitteren Beigeschmack hervor, schließlich ist er nicht nur der Herr der Wüste, sondern auch der Gott des Unwetters, des Chaos, der Verwirrung, der Gewalt und des Verderbens."

„Er ist ein mächtiger Gott, der Osiris, den Gott des Totenreichs, bezwungen hat, ebenbürtig dem Horus, des Herrn über das schwarze Land. Seine Macht ist gefürchtet, ebenso wie seine Priester. Darum habe ich ihn gewählt."

„Doch Isis, die große Magierin, konnte er nicht bezwingen. Ihr ist er immer wieder unterlegen."

„Auch sie wird er eines Tages bezwingen und eine neue Ordnung unter den Göttern herbeiführen."

Ich lächelte. „Das glaube ich wohl kaum. Doch lass uns von etwas anderem sprechen. Man sagt, Pharao muss wieder in den Krieg ziehen. Erneut sollen Seevölker Ägyptens Grenzen unsicher machen. Hört das denn nie auf? Soweit ich mich zurückerinnern kann, herrscht Krieg im Norden unseres Landes."

„Ja, das ist schlimm. Syrien und Palästina haben wir bereits eingebüßt. Weiter dürfen wir den Feind nicht an unsere Grenze herankommen lassen. Noch schlimmer ist, dass die ständigen Kriege das Land ausbluten. Dazu kommen noch all die großen Bauvorhaben, die unser Pharao in Auftrag gegeben hat. Und dann die vielen Schenkungen an die Tempel an Sklaven, Land, Vieh und Gold, um sich die Priesterschaft gewogen zu machen. Irgendwann wird Pharaos Schatzkammer das alles nicht mehr verkraften können. Was dann?"

„Wieder kein erfreuliches Thema", wandte ich ein.

„Da hast du recht", stimmte Ramose mir zu. „Also lass uns noch einmal das Thema wechseln. Ich habe dir von mir erzählt. Nun erzähl du von dir. Wie alt bist du, Anuket. Was willst du einmal tun?"

„Ich bin fast sechzehn. Wie meine Mutter möchte ich einmal Heilerin werden. Doch mein Vater ist strikt dagegen. Er lässt mich zwar Kräuter sammeln und Salben und Tränke zubereiten, doch in das Haus eines Kranken zu gehen, hat er mir streng verboten."

„Warum das? Es ist doch eine schöne Aufgabe für eine Frau, kranken Menschen zu helfen. Was hat er dagegen?"

„Das ist eine lange Geschichte, über die ich nicht sprechen möchte. Mir scheint, wir finden einfach kein Thema, das unverfänglich ist."

„Vielleicht? – Oder vielleicht doch. Sag, hast du schon einmal einen Freund gehabt?"

Ich schüttelte den Kopf. „Bisher habe ich mich ehrlich gesagt nicht sonderlich für Jungen interessiert."

„Bisher?"

„Nun ja, du bist der Erste, mit dem ich mich treffe. Und du?"

„Sicher bist du nicht das erste Mädchen, mit dem ich mich treffe. Aber du bist das erste Mädchen, dessen Anblick mir sofort den Kopf verdreht hat. Noch niemals zuvor habe ich so brennend schwarze Augen gesehen. Es ist, als ob du mit ihnen mein Innerstes in Brand stecken könntest."

Ich lachte. „Ich habe nicht die Absicht, dich zu verbrennen. Dir möchte ich gewiss nicht schaden."

„Mir?" Ramose sah mich verdutzt an. „Gibt es denn Menschen, denen du schaden möchtest."

„Eigentlich nicht. Doch manchmal…"

Ich schwieg betroffen.

„Was manchmal?", fragte Ramose neugierig.

„Ach nichts." Verlegen wandte ich mich ab.

„Du kannst mir ruhig alles sagen, Anuket. Was manchmal?"

„Nun," druckste ich herum. „Manchmal überkommt mich ganz plötzlich ein übermächtiger Zorn, der mich mit sich reißt und ich fürchte, mich gar zum Mörder werden lassen könnte."

„Wer könnte dich wohl so zornig machen?"

„Das zweite Ba, das in mir wohnt", antwortete ich ernst. Verwirrt sah Ramose mich an. „Ich kann es dir nicht erklären", fuhr ich fort. „Aber zuweilen fühle ich mich, als ob zwei ganz unterschiedliche Persönlichkeiten in mir wohnen. Die eine ist immer da, geleitet mich durchs Leben. Und die andere versucht von Zeit zu Zeit immer wieder von mir Besitz zu ergreifen. Sie ist böse, das weiß ich, und sie will, dass ich böse Dinge tue und denke."

„Aber Anuket. Wie kannst du so merkwürdige Dinge glauben. In jedem von uns steckt ein wenig Gut und Böse. Sie sind beide Teil unserer Persönlichkeit. Selbst mein Gott Seth ist nicht nur böse. Auch er hat seine guten Seiten."

Mutlos schüttelte ich den Kopf. Niemand konnte das verstehen, wollte mir glauben. Also sollte ich nicht weiter versuchen, es zu erklären.

„Lassen wir das", meinte ich schließlich. „Ich sollte jetzt nach Hause gehen, ehe mein Vater mich vermisst."

„Sehen wir uns wieder?", wollte Ramose wissen. „Morgen, zur selben Stunde vielleicht? Sag ja, Anuket. Ich muss dich wiedersehen."

„Einverstanden," erwiderte ich, denn der junge Priesteranwärter gefiel mir. Warum ihn also nicht wieder treffen? Schließlich war es für ein Mädchen in meinem Alter völlig normal, sich mit einem Burschen zu verabreden.

So trafen wir uns bald jeden Abend am Fluss, genossen die Zweisamkeit und erzählten uns Geschichten aus unserem Leben.

Schon bald blieben meinem Vater unsere Treffen nicht mehr verborgen, und so bat er mich, den jungen Mann, mit dem ich mich so häufig verabredete, doch einmal mitzubringen.

„Das hat noch Zeit, Vater. Im Augenblick sind es nur harmlose Treffen ohne jede feste Absicht. Sollte mehr daraus werden, werde ich ihn dir gerne vorstellen."

Etwas in mir wehrte sich dagegen, meinem Vater den Mann vorzustellen, in den ich mich verliebt hatte. Auch wusste ich nicht, ob diese Liebe auf wirkliche Gegenliebe stieß, oder ob Ramose nur gern meine Gesellschaft genoss oder gar nur ein Abenteuer suchte. Bislang hatte er nie von irgendwelchen Absichten gesprochen, noch versucht, sich mir zu nähern. Also wollte ich auf keinen Fall vorpreschen und unseren Treffen damit eine Bedeutung geben, die diese für ihn vielleicht gar nicht hatten.

Als wir eines Abends im Schilf am Nil saßen und die Wildgänse beobachteten, während langsam die Sonne unterging, schaute Ramose mich plötzlich lange und durchdringend an.

„Ich muss mit dir reden, Anuket. Es wäre nicht richtig, dich noch länger im Unklaren zu lassen. Ich habe mich in dich verliebt. Aber so einfach ist das alles bei mir nicht. Meine Eltern waren nie mit Reichtümern gesegnet. Mein Vater war Fährmann auf dem Nil, der für ein paar Münzen Menschen über den Fluss setzte. Er ist letztes Jahr bei einem Unfall mit seiner Fähre ertrunken. Seither ist meine Mutter mit meinen sieben jüngeren Geschwistern allein. Meine Eltern haben all ihr Geld in meine Ausbildung gesteckt. Sie haben mich unter großen Mühen in die Tempelschule geschickt, um Lesen und Schreiben zu lernen, um später einmal mein Geld als Schreiber verdienen zu können. Der Oberpriester des Seth hat mich dort entdeckt und gefördert. Ihm fielen mein Talent beim Schreiben und meine Merkfähigkeit auf, und er hat mir den Weg zum Priesteranwärter geebnet. Ich bin ihm ebenso verpflichtet wie meiner Mutter. Sie braucht meine finanzielle Unterstützung, ihm bin ich zur Treue verpflichtet. Was ich damit sagen will – ich habe kein Geld, um eine eigene Familie zu gründen. Das, was ich bekomme, braucht meine Familie, um überleben zu können. Ich sehe für uns keine Zukunft, Anuket."

Den Tränen nah biss ich mir auf die Lippen, um ein Schluchzen zu unterdrücken. Nachdem ich mich einigermaßen gefasst hatte, nickte ich bedrückt. „Ich verstehe", stieß ich schließlich hervor. „Vielleicht soll das mit uns eben einfach nicht sein. Die Götter haben uns einen anderen Weg bestimmt, und diese kurze Episode war nur ein schöner Traum. Auch ich bin eigentlich von Geburt an für den Tempel bestimmt. Und doch habe ich einen Augenblick lang gehofft, diesem Schicksal mit dir gemeinsam entfliehen zu können. Doch nun sehe ich klar."

„Wie meinst du das? Ich verstehe dich nicht."

Vorsichtig zog ich mein Kleid auf der rechten Seite ein wenig den Arm hinunter, damit mein Schulterblatt zu sehen war.

„Siehst du das? Ich trage das Zeichen der Isis als Muttermal. Ihm habe ich es zu verdanken, dass ich überhaupt leben durfte. Meine Tante war bei meiner Geburt als Hebamme dabei. Ich war der Fehltritt irgendeiner reichen ägyptischen Dame, deren Familie bestimmt hatte, mich gleich nach meiner Geburt im Nil zu ertränken. Dass es nicht dazu kam, habe ich meiner Tante zu verdanken, die die Schwingen der Isis als Zeichen deutete. Darum führte sie den Auftrag der Familie nicht aus und brachte mich zu der Familie ihrer Schwester, die sich schon lange ein Kind wünschte, aber keins bekommen konnte. So bin ich zu meinen jetzigen

Eltern gekommen. Meine Eltern mussten meiner Tante aber versprechen, mich im entsprechenden Alter in den Tempel der Göttin zu schicken, um ihr zu dienen. Ich denke, diese Zeit ist nun bald gekommen."

„Wer waren deine wirklichen Eltern?"

„Ich weiß es nicht. Meine Eltern wussten es auch nicht. Allein meine Tante weiß eine Antwort darauf. Doch sie schweigt. Sie meint, es wäre gefährlich, in dieser alten Geschichte zu wühlen. Mehr kann ich dir nicht sagen."

Fasziniert betrachtete Ramose das Muttermal auf meinem Schulterblatt, versuchte, es mit den Fingerspitzen zu berühren. Doch dann zog er plötzlich entsetzt die Hand zurück.

„Es ist verrückt, aber mir war gerade eben, als wollte dein Mal mir die Finger verbrennen."

„Nun," meinte ich lachend, „Isis mag ihren Bruder Seth eben nicht allzu sehr."

„Wahrscheinlich", meinte Ramose, noch immer ein wenig irritiert. „Es ist schon merkwürdig, wie das Schicksal manchmal spielt. Ich kann dich nicht heiraten, und du kannst mich eigentlich auch nicht heiraten, denn die große Magierin hat ihre Hand auf dich gelegt. Dennoch, Anuket. Lass uns Freunde bleiben, wenn dies möglich ist. Ich könnte es nicht ertragen, dich gar nicht mehr zu sehen. Glaubst du, es wäre möglich?"

„Ich hoffe es. Doch wer kennt schon den Weg des Schicksals und den Willen der Götter. Ich danke dir jedenfalls, dass du so ehrlich zu mir warst. Wir wissen jetzt wohl beide, was wir zu tun haben."

Ramose sah mich lange nachdenklich an. Trauer und Bedauern lagen in seinen Augen. Schließlich suchten seine Lippen meinen Mund, und wir küssten uns zum ersten Mal lang und innig.

„Ich liebe dich, Anuket. Und ich werde dich immer lieben. Vergiss das nicht. Wann immer du mich brauchst, werde ich für dich da sein."

Dann stand er auf und ließ mich allein und verloren am Ufer des Nils zurück. Tränen rannen mir über die Wangen. Mir war klar, dies war in gewisser Weise ein Abschied für immer. So wie es bisher zwischen uns gewesen war, würde es nie wieder sein.

6.

Es dauerte lange, bis mein Vater sich damit einverstanden erklärte, dass ich mich als Dienerin in den Tempel der Isis nach Abydos begab. Was zwischen Ramose und mir vorgefallen war, behielt ich für mich. Doch mein Vater spürte deutlich, dass etwas geschehen war, das sich zwischen uns gedrängt hatte, das meinen Entschluss, der Göttin gerade jetzt meine Dienste anzubieten, hervorgerufen hatte. Schließlich erklärte er sich damit einverstanden, denn er hatte meiner Tante einst versprochen, mich diesen Weg gehen zu lassen, und er spürte, dass ich eine Veränderung brauchte. Auch wenn er es sich wünschte, er konnte mich nicht für immer an sich binden. Außerdem arbeitete er täglich in Abydos, und so würden wir uns sehen, wann immer wir das Bedürfnis verspürten, miteinander zu sprechen.

Als Dienerin im Tempel gehörte es zu meinen Aufgaben, die Unterkünfte der Priesterinnen sauber zu halten, in der Küche zu helfen, Wasser aus dem Brunnen zu holen und am Nil Wäsche und Geschirr zu säubern. Es war ein einfaches, hartes Leben, das nicht viel Zeit zum Nachdenken ließ. Gelegentlich besuchte ich meinen Vater auf der Baustelle, wenn ich ein paar Augenblicke zum Ausruhen hatte. Dann versicherte mein Vater mir immer wieder, dass ich jederzeit nach Hause zurückkehren könnte, wenn ich das Leben im Tempelbezirk leid wäre. Doch darüber dachte ich nicht einen Augenblick lang nach. Es wurde Zeit, dass ich mein eigenes Leben begann, und dies, so war ich mir in der Zwischenzeit sicher, würde niemals an der Seite eines Mannes sein. Der einzige Mann, der mir etwas bedeutet hatte, würde mich nie fragen. Also sollte mich auch kein anderer fragen, denn, so sagte ich mir, einem anderen würde mein Herz niemals gehören können. Es wäre also eine Lüge, auf der ich meine Zukunft aufbauen würde. Und dies wollte ich nicht. Eine Lüge in meinem Leben, nämlich die meiner Herkunft, genügte mir.

Die Ägypter sind ein stolzes, auf ihre Herkunft, Kultur und Tradition bedachtes Volk, welches voll Verachtung auf andere Völker blickt. Sie halten sich allen anderen gegenüber überlegen und schätzen es, unter sich zu bleiben. Daher war es für einen Mischling wie mich schwer, im Tempel Anschluss zu finden. Niemand wollte so recht mit mir näheren Kontakt pflegen, außer Neith, einer nubischen Sklavin, die dem Tempel von Pharao geschenkt worden war. Auch sie fühlte sich einsam unter den vielen hochnäsigen Ägyptern, die sich als das die Welt beherrschende Volk unter den Völkern der bekannten Welt fühlten. Dass dem schon lange nicht mehr so war, dass Pharao Jahr für Jahr Kriege führen musste, um die sich immer weiter ins Kernland verschiebenden Grenzen Ägyptens vor dem Einmarsch von Fremdvölkern zu schützen, dass fremde Seevölker Pharaos Herrschaft vom Meer her bedrohten, davon wollte hier niemand etwas wissen. Ägyptens Götter waren stark, also war auch Pharao stark und würde letztendlich den Sieg davontragen. Ich erinnere mich noch genau daran, wie die Oberpriesterin der

Isis mich an meinem ersten Tag im Tempel vor eine Wand im Heiligtum führte, auf der alle Pharaonen, die Ägypten jemals beherrscht hatten, aufgezeichnet waren. Die Liste schien mir damals unendlich, und dass sie in der Zukunft einmal enden könnte, daran glaubte hier niemand. Voll Ehrfurcht starrte ich auf die Hieroglyphen und konnte kaum glauben, dass all dies für die Ewigkeit in Stein gehauen der Nachwelt erhalten bleiben und jeder neue Herrscher hier einen Platz finden würde.

Die Priesterinnen im Tempel der Isis beschäftigten sich hauptsächlich mit der Heilkunst, einige besonders Gebildete aber auch mit Zauberei und Magie, wie die Göttin Isis selbst. Neben der Kammer für die Göttin Isis gab es im Tempel noch eine Kammer für ihren Gemahl, den Gott Osiris, für Sethos, den Vater des großen Pharaos Ramses II. und den Hauptgott Thebens, Amun. Ganz besondere Verehrung aber wurde in Abydos dem Gott Osiris gezollt. Von überall her aus Ägypten kamen die Menschen in die Stadt, um zu Osiris zu beten und für ihre Verstorbenen zu bitten. Der Handel mit schutzbringenden Amuletten von Osiris blühte in der Stadt und brachte den Händlern viel Geld ein. Keiner wollte die Stadt ohne den Schutz von Osiris, Isis oder Amun verlassen.

Wir Dienerinnen durften den Tempel nur zu besonderen Festtagen betreten. Im Allgemeinen hatten nur die Priesterinnen und Priester der Gottheiten Zutritt zum Allerheiligsten, durften ihre Götter täglich waschen, kleiden, mit Nahrung versorgen und anbeten, sowie die Opfergaben der Gläubigen entgegennehmen. An bestimmten Tagen im Jahr wurden die Statuen der Götter aus dem Tempel gebracht und in einer heiligen Prozession durch die Stadt getragen, damit die Bevölkerung ihnen huldigen und ihre Hilfe erflehen konnte.

An einem solchen Tag waren mehrere von uns Dienerinnen dazu eingeteilt worden, die schützenden Amulette der ihre Schwingen ausbreitenden Göttin Isis an die Bevölkerung vor dem Tempel zu verkaufen, da die Priesterinnen selbst eine solch banale Arbeit nicht verrichten wollten. Das Geschäft lief gut. Die Amulette wurden uns aus der Hand gerissen, und schon bald benötigten wir Nachschub. Neith erbot sich, diesen aus dem Vorratshaus des Tempels zu holen, und ich schloss mich ihr an. Plötzlich spürte ich einen bohrenden Blick auf mir ruhen. Ein kalter Schauer durchlief meinen Körper. Als ich mich umdrehte, schaute ich in Ramoses Augen, die mich anlächelten. Doch es waren nicht seine Augen gewesen, die mir diesen Schauer eingejagt hatten. Neben ihm stand ein Mann in der Priestertracht des Seth, der mich mit seinem Blick zu durchbohren schien. Schließlich rang auch er sich zu einem Lächeln durch, das mir gespenstisch erschien.

„Anuket, wie schön dich hier zu sehen", meinte Ramose, sichtlich erfreut über das Zusammentreffen. „Darf ich dir den Oberpriester unseres Tempels vorstellen, Schai."

Schai lächelte weiter, während er mir zunickte und Ramose dann leichthin fragte: „Ist das das Mädchen mit dem Isismal, von dem du mir einmal erzählt hast?"

„Ja, Herr, das ist sie", bestätigte Ramose. „Das ist Anuket."

Der Blick des Oberpriesters schien mich zu verschlingen, so intensiv waren seine Augen auf mich gerichtet. Plötzlich spürte ich, wie mich längst überwunden geglaubte Schauer ergriffen, die einen Anfall ankündigten. Wie lange hatte ich keinen dieser Anfälle mehr gehabt. Nun erfasste er mich mit einer bisher kaum gekannten Heftigkeit und fällte mich zu Boden. Wild schlug ich um mich und Schaum bildete sich vor meinem Mund, während ich immer wieder „Isis, bewahre mich!", vor mich hinbrabbelte, bis ich schließlich in eine erlösende Bewusstlosigkeit fiel.

Als ich wieder zu mir kam, lag ich auf meinem Bett im Tempelbezirk, und die Oberpriesterin der Isis saß neben mir. Lange betrachtete sie mich nachdenklich, bis sie schließlich fragte: „Wie lange leidest du schon an diesen Anfällen, Anuket?"

„Seit ich denken kann", antwortete ich ehrlich. „Aber in den letzten Jahren sind sie vollständig verschwunden gewesen, und ich hatte schon gehofft, dass ich sie endgültig überwunden habe. Dass mir dies nun doch wieder passiert ist, tut mir leid. Bitte schicken sie mich nicht weg. Ich werde mich bemühen, nicht wieder zu fallen."

„Niemand will dich fortschicken, Anuket. Die Fallsucht ist eine göttliche Krankheit, die die betroffenen Menschen vor anderen Menschen durch eine besondere Sensibilität auszeichnet. Sie ist darum nicht nur eine Last, sondern auch ein Geschenk. Du kannst Dinge sehen und fühlen, die uns normalen Menschen verborgen sind. Sag mir, Kind, was hat deinen Anfall ausgelöst? Was hast du gesehen oder gespürt?"

Ich versuchte mich zu erinnern, doch mehr als der Blick des Oberpriesters Schai wollte mir nicht in den Sinn kommen.

„Es mag merkwürdig klingen, aber ich erinnere mich nur noch an den Blick des Oberpriesters des Seth, der mich irgendwie seltsam berührt hat. Danach ist alles dunkel."

Die Oberpriesterin schaute mich nachdenklich an.

„Was ging solchen Anfällen früher voraus? Erinnerst du dich noch daran?"

„Kaum, nur irgendwie hat mich immer irgendetwas aufgeregt."

Die Oberpriesterin nickte. „Ich werde dich bei uns als Anwärterin für das Priesterinnenamt aufnehmen und ausbilden lassen. Deine Fähigkeiten sollten nicht ungenutzt bleiben. Wir werden sehen, wie weit sie reichen."

Damit änderte sich mein Leben von einem Tag auf den nächsten vollständig. Ich wurde von allen niedrigen Arbeiten freigestellt. Anstatt Böden zu schrubben, lernte ich nun die Bedeutung der Hieroglyphen, studierte mit anderen Anwärterinnen auf das Priesterinnenamt alte überlieferte Texte sowie heilige Gebete und Gesänge zu Ehren unserer Göttin. Ich lernte mein oberflächliches Wissen in der Heilkunst und

Geburtshilfe zu erweitern, die Namen der einzelnen Heilkräuter kennen und wo ich sie finden konnte, welche wie wirkten, welche gut verträglich und welche in zu hoher Dosis tödlich wirken konnten. All das beschäftigte meine Gedanken und ließ mich meine Träume, die mich einmal mit Ramose verbunden hatten, völlig vergessen.

Als ich meinen Vater auf der Baustelle aufsuchte und ihm von dem Wandel in meinem Leben berichtete, meinte er seufzend: „Es scheint wirklich dein Schicksal zu sein, dein Leben der Göttin zu weihen und auf Familie und Kinder zu verzichten." Dass dies nicht sein Traum für mein zukünftiges Leben war, dass er gerne Großvater geworden wäre und seine Enkel hätte aufwachsen sehen, davon sprach er nicht. Innerlich begann er allmählich zu akzeptieren, dass dieser Weg niemals der meine sein würde.

7.

Meine Weihe zur Priesterin der Göttin Isis stand unmittelbar bevor. Es sollte ein großes Fest werden, bei dem auch die Angehörigen der Priesteranwärterinnen zugegen sein durften. Außer mir sollten noch zwei andere Mädchen die Weihen empfangen und damit endgültig in den Dienst der Göttin treten. Die Nacht vor dem Festakt verbrachten wir abgeschieden von der Außenwelt betend und meditierend im Heiligtum der Isis.

Ich freute mich auf den nächsten Tag, würde doch nicht nur mein Vater, sondern auch Ramose zu der Weihe kommen. Ich hatte Ramose nach meinem Anfall häufig wiedergesehen. Ich war mir sicher, er war mit Sicherheit der schönste Priester des Seth im ganzen Land, und so sehr ich mir dies auch wünschte, konnte ich ihn mir doch nie ganz aus dem Kopf schlagen. Kurz nach meinem Anfall war er von Schai zum Priester des Seth geweiht worden und dadurch auch zu besseren Einnahmen gekommen, mit denen er seine Familie unterstützen konnte. Doch ein wir und eine gemeinsame Zukunft war nie wieder ein Thema zwischen uns gewesen.

Überhaupt hatte sich unser Verhältnis nach meinem Anfall irgendwie verändert. Ramose meinte, wir würden trotz unserer verschiedenen Lebenswege für immer Freunde bleiben. Doch sein Verhalten mir gegenüber hatte sich gewandelt, auch wenn ich nicht genau benennen konnte, worin diese Veränderung lag. Er war freundlich und aufmerksam wie früher, wenn wir uns trafen.

Trotzdem spürte ich eine gewisse Distanz zwischen uns, eine Schranke, die früher nicht dagewesen war. Das beschäftigte mich eine ganze Weile. Doch schließlich sagte ich mir, dass dies wohl daran liegen mochte, dass wir einander nie wirklich gehören würden, und dachte nicht mehr darüber nach.

In den frühen Morgenstunden wurden wir drei Mädchen aus dem Tempel geführt, gebadet, gesalbt und neu eingekleidet. Im Hof des Tempels brannten bereits die Opferfeuer. Die wartenden Familienangehörigen hatten ihre Opfergaben für Isis bereits den Priesterinnen übergeben und sahen nun erwartungsvoll dem Kommenden entgegen.

Als wir in den Hof geführt wurden, nahmen die Priester des Osiris die erste Schlachtung eines Schafs vor, dessen Gedärme auf unnatürliche Windungen geprüft wurden. Alles war in Ordnung. Nichts deutete auf etwas Außergewöhnliches hin. Auch das zweite Schaf zeigte keine unnatürlichen Veränderungen. Doch bei der Opferung des dritten Schafs stieß der Priester des Osiris plötzlich einen entsetzten Schrei aus. Die Gedärme des Tiers waren von Geschwüren zerfressen.

„Das ist kein gutes Omen. Etwas Schreckliches wird auf uns zukommen. Es ist bereits unter uns, zeigt sich aber noch nicht in seiner ganzen Verderbtheit. Wir gehen schlimmen Zeiten entgegen. Durch dieses verdorbene Opfer ist der ganze Tempel entweiht. Wir müssen ihn durch aufwendige Riten reinigen und Pharao von den schlechten Vorzeichen berichten. Oh Osiris, Herr der Toten, und Isis, mächtige Zauberin und Magierin, beschütze das schwarze Land und unseren Pharao vor allem Übel."

Damit war die freudige Stimmung, die bis vor wenigen Augenblicken geherrscht hatte, vorbei. Schwarze Schatten hatten sich über diesen Tag gelegt und würden nicht weichen, bis der Tempel gereinigt war. Mein Blick streifte erst meinen Vater, den ebenfalls das allgemeine Entsetzen gepackt hatte. Dann wanderte er weiter zu Ramose, der entgegen all den anderen eine ruhige Gelassenheit ausstrahlte. Ihn hatte das allgemeine Unwohlsein nicht erfasst. Fast schien es, als habe er mit einem derartigen Ausgang des Tags gerechnet. Doch das konnte nicht sein. Woher sollte ein Priester des Seth vorhersehen können, dass der Göttin ein krankes Schaf geopfert werden würde.

Da das vorgesehene Festessen aufgrund der Ereignisse abgesagt wurde, denn der Tempel musste sofort gereinigt werden, bevor weitere Handlungen in ihm vollzogen werden konnten, gingen Ramose, mein Vater und ich in ein nahe gelegenes Gasthaus, wo wir uns etwas Braten, Brot und Wein bestellten.

„Es tut mir aufrichtig leid für dich, dass dein Festtag durch solch ein Ereignis gestört werden musste. Nun werdet ihr drei Mädchen für immer die sein, die den Zorn der Göttin hervorgerufen haben. Kein guter Beginn," meinte mein Vater. „Vielleicht solltest du doch noch einmal über einen anderen Weg nachdenken, Anuket?"

Ich schüttelte energisch den Kopf. „Nein, Vater. Es tut mir leid. Aber ich weiß, dass ich auf dem richtigen Weg bin."

Resignierend schüttelte mein Vater den Kopf. „Wie du meinst, mein Kind."

Ramose lächelte mich an. „Ich glaube, Anuket weiß genau, was sie zu tun hat. Die Göttin Isis hat sie bei ihrer Geburt gerufen, und sie folgt ihrem Ruf. Nicht umsonst hat Isis ihr ihr Zeichen auf die Schulter gelegt. Früher oder später hätte die Göttin sich ihrer auf jeden Fall bemächtigt."

„Dieses verfluchte Zeichen!", murmelte mein Vater, der innerlich nie aufgehört hatte, sich gegen meine Berufung zur Priesterin zu sträuben. „Es wird nur Unglück bringen. Fast könnte man meinen, Seth selbst hätte dabei seine Hände im Spiel gehabt." Sogleich besann sich mein Vater der Tatsache, dass Ramose Priester des Seth war. „Ich habe das nicht so gemeint, Ramose."

Dieser hob beschwichtigend die Hände. „Ich weiß, Seth ist nicht gerade ein beliebter Gott. Aber auch ihm muss jemand dienen, um seinen Willen zu ergründen." An mich gewandt fuhr er fort: „Die Zeremonie der Weihung ist verdorben. Sie werden sie wiederholen müssen, sobald der Tempel gereinigt ist."

„Ich weiß", antwortete ich. „Ich kann nur hoffen, dass sich ein solch schlechtes Omen nicht noch einmal wiederholt."

Es wiederholte sich nicht. Doch der schlechte Nachgeschmack des ersten Weiheversuchs blieb bestehen und ängstigte das Reich und den Pharao sowie seine Berater.

Nach meiner Weihe zur Priesterin der Isis war ich hauptsächlich für die Krankenpflege verantwortlich. Ich kümmerte mich um jene, die wir auf der Krankenstation des Tempels aufgenommen hatten, weil es ihnen so schlecht ging, dass sie ständiger Betreuung bedurften. Darüber hinaus versorgte ich jene Kranke, die mit ihren Leiden zu uns in den Tempel kamen, um Hilfe zu erhalten. Die Arbeit machte mir Spaß und erfüllte mich, denn täglich konnte ich sehen, wie die Menschen krank und niedergeschlagen kamen und wir ihnen helfen konnten, in einem weit besseren Zustand wieder zu gehen. Doch es gab auch solche, denen wir nicht mehr helfen konnten und die des Segens des Gottes Osiris bedurften.

Eigentlich hätte ich mit meinem Los zufrieden sein können, doch wenn ich jene jungen Mütter mit ihren Kindern kommen sah oder verliebte Pärchen, dann legte sich eine Klammer um mein Herz. All dies würde ich nie erleben können. Und dann wurde mir wieder unbarmherzig klar, dass ich Ramose noch immer liebte und immer lieben würde. Diese Liebe war wie ein Fluch, der meinem Herzen keine Ruhe gönnte.

So gingen die Tage ins Land, und ich näherte mich meinem neunzehnten Geburtstag. Zwischenzeitlich war ich eine angesehene Heilerin unter den Priesterinnen der Isis. Meine Anfälle waren nicht zurückgekommen, und auch der Zwiespalt in meinem Innern hatte sich fast völlig gelegt. Die Stimmen in mir waren zum Schweigen gekommen. Ich schien mir sicher, meinen Weg und Frieden gefunden zu haben.

Eines morgens tauchte Ramose leichenblass im Krankenhaus des Tempels auf.

„Anuket, du musst mitkommen. Ich brauche deine Hilfe. Bitte! Schnell!"

Verwirrt schaute ich ihn an. „Ich kann doch hier nicht alles stehen und liegen lassen. Wie denkst du dir das?"

„Bitte!" Er schaute mich flehend an. „Es geht um meine Schwester. Sie liegt in den Wehen. Doch das Kind will nicht kommen. Lange hält sie die Schmerzen nicht mehr aus. Sie ist schon jetzt völlig erschöpft, kraftlos und müde. Wenn ihr niemand hilft, wird sie der Lebenswille völlig verlassen und sie sich aufgeben."

„Aber warum ich? Es gibt so viele erfahrene Frauen, die besser helfen können als ich, die solch eine schwere Geburt schon unzählige Male mit Frauen durchgestanden haben."

„Und den Kampf verloren haben. Nein, Anuket, ich brauche dich. Ich spüre, dass nur du helfen kannst. Bitte, komm mit."

Widerwillig schüttelte ich den Kopf. „Nein, Ramose. Uns verbindet auf unsichtbare Weise noch immer ein Band, das zerstört werden würde, wenn ich versage. Such jemanden anderen. Ich kann und ich will nicht."

„Bitte, Anuket. Ich weiß genau, nur du kannst ihr helfen. Komm mit mir."

Sein Blick flehte mich an. Doch noch immer zauderte ich. Und plötzlich hörte ich sie wieder, die beiden Stimmen in mir. Die eine wies mich an zu gehen, die andere warnte mich davor. Was sollte ich tun?

Neith, die neben mir saß und die ganze Szene mitbekommen hatte, mischte sich schließlich ein: „Du hast der Göttin geschworen zu helfen, Anuket. Also musst du gehen, selbst wenn du nicht mehr tun kannst als Trost zu spenden. Ich werde die Oberpriesterin informieren. Aber ich denke, sie wird es ähnlich sehen. Wenn dieser Priester des Seth dich will, dann folge ihm. Und du", fuhr sie an Ramose gewandt fort, „darfst ihr keine Vorwürfe machen, wenn sie deine Schwester ebenso wenig retten kann wie die Geburtshelferinnen, die vor Ort sind."

Die Oberpriesterin sah die Situation ähnlich wie Neith, und so stieg ich zu Ramose auf ein von einem Esel gezogenes Fuhrwerk und folgte ihm zu der Hütte seiner Schwester. Es war eine ärmliche Hütte in einem nahegelegenen Dorf für Grubenarbeiter, und zum ersten Mal verstand ich, was Armut bedeutete. Außer ein paar Strohmatten, ein wenig Kochgeschirr und Holz gab es in der kleinen Lehmhütte fast nichts. Das Herdfeuer war erloschen, und in dem Backofen vor der Hütte war schon lange kein Brot mehr gebacken worden. Die magere, vor der Hütte angebundene Ziege konnte an der erschreckenden Dürftigkeit ebenso wenig etwas ändern wie die paar Ähren und Zwiebeln in einem Eimer. Mein Blick suchte den von Ramose, doch dieser schaute nur peinlich berührt zur Seite.

Die Frau, die auf einem Haufen fauligem Stroh auf dem Boden lag, wirkte ausgezehrt und kraftlos. Schweiß stand auf ihrer Stirn, und undeutlich konnte ich unter dem einstmals durchaus schönen Gesicht eine gewisse Ähnlichkeit mit Ramose entdecken. Als ich kam, traten die sie umringenden Frauen respektvoll zur Seite. Eine von ihnen schüttelte hoffnungslos den Kopf. „Da ist nichts mehr zu machen. Der Bote des Osiris hat bereits die Hütte betreten, um sie und das Kind mit sich zu nehmen."

Wortlos zog ich mir den einzigen im Raum befindlichen Hocker heran und setzte mich neben die Frau, die von Wehen geplagt wurde und immer wieder jammernd hervorstieß: „Es soll aufhören. Es soll endlich aufhören."

Tränen der Verzweiflung standen in ihren Augen, liefen über die schmutzigen Wangen. Aus der Ecke drang ein Aufstöhnen an mein Ohr. Dort saß der Ehemann, ein schmächtiger Bursche, für den die Arbeit in der Grube offensichtlich viel zu schwer war und dem darum schon jetzt ein kurzes Leben prophezeit werden konnte. Er hielt sich die Hand vor die Augen, um das Elend seiner Frau nicht länger mitansehen zu müssen.

Langsam tastete ich den aufgeblähten Bauch der Frau ab. Es war, wie ich es befürchtet hatte. Das Kind lag quer und schien die Mutter zu zerreißen. So würde es niemals in den Geburtskanal gelangen. Was sollte ich tun? Was konnte ich überhaupt tun?

Erinnerungen tauchten vor mir auf an jenen Tag, als ich im Palast des Pharaos jenem Kind auf die Welt half, das meine Göttin hatte sterben lassen wollen und ich mich ihr widersetzt hatte. Sollte ich noch einmal versuchen, was ich damals getan hatte? - Nein, - rief eine Stimme in mir – du hast es deinem Vater versprochen, nie wieder die Hand aufzulegen und deinen Blick in eine Sterbende zu versenken. – Aber war dies nicht etwas ganz anderes? Dies war Ramoses Schwester. Ich sah seinen hilfesuchenden Blick, und alles in mir stand Kopf.

„Bring die Leute hinaus, alle. Lass mich mit deiner Schwester allein", stieß ich seufzend hervor. Als schließlich alle die Hütte verlassen hatten, legte ich zitternd meine Hand auf den Bauch der Gebärenden und forderte sie auf, mir fest in die Augen zu blicken. Ich ließ alle Kraft durch meine Hand hindurch in die leidende Frau fließen, während meine Augen die ihren festhielten und vom Schmerz ablenkten. Ich wusste, es war falsch, aber ich konnte dem Wunsch Ramose zu helfen nicht widerstehen. Ich spürte, wie sich das Kind ganz langsam unter meiner Hand drehte. Schließlich verließ mich meine Kraft, und einer meiner Anfälle trug mich davon. Aber das war nicht weiter tragisch für das weitere Geschehen, denn das Kind fand nun ohne große Schwierigkeiten seinen Weg ins weltliche Geschehen.

Als ich wieder zu mir kam, lagen Mutter und Kind friedlich schlummernd im Stroh, und Ramose saß neben mir, meinen Kopf in seinen Schoss gebettet.

„Das werde ich dir nie vergessen, Anuket. Es ist ein Mädchen, und es soll nach dir benannt werden. Du hast sie beide gerettet."

Energisch schüttelte ich den Kopf. „Ich habe gar nichts getan, Ramose. Gar nichts, verstehst du?"

Ramose lächelte milde. „In dir schlummern unglaubliche Kräfte, Anuket, die, erst einmal freigesetzt, Ungeheures bewirken können. Das ist mir in dem Augenblick klar geworden, an dem ich zum ersten Mal das Zeichen auf deiner Schulter sah, das mir auf magische Weise verbot, dich zu berühren."

„Das ist Unfug, Ramose. Und das weißt du", sagte ich schlicht. „Und jetzt, da alles gut ist, muss ich in den Tempel zurückkehren, um meinen Dienst für die Göttin wieder aufzunehmen."

Ramose sagte nichts weiter. Doch ich konnte seinem Gesicht entnehmen, dass er mir nicht glaubte. Oder hatte er mich gar beobachtet? Ich wusste es nicht. Ich wollte nur eins, in den Tempel zurückkehren, mir den Schmutz dieser erbärmlichen Hütte abwaschen und lange und ausgiebig schlafen, um meinem ausgebrannten Körper seine Energie zurückzugeben.

8.

Auch wenn niemand Zeuge des außergewöhnlichen Geschehens bei der Geburt von Ramoses Nichte geworden war und darum niemand wirklich sagen konnte, was in der Hütte geschehen war, rankten sich bald die außergewöhnlichsten Geschichten um das zurückliegende Ereignis. Isis selbst, so behaupteten manche, sei in die Hütte gekommen und habe Mutter und Kind gerettet. Wieder andere sprachen von Zauberei, die ich in der Hütte ausgeführt haben musste, um so den Boten des Osiris in die Flucht zu schlagen. Die Blicke meiner Priesterschwestern verfolgten mich plötzlich misstrauisch und mit Argwohn. Hatte ich auf Grund meiner dunkleren Hautfarbe schon immer nicht wirklich zu ihnen gehört, so mieden sie mich nun vollständig und waren froh, wenn sie nicht mit mir zusammenarbeiten mussten. Allein die Sklavin Neith hielt mir die Treue. Sie fragte nicht, aber auch ihre Augen blickten mich oft forschend an. Und einmal sagte sie zu mir aus fester Überzeugung: „Du hast die Kraft und Macht eines nubischen Schamanen in dir. Dein Vater oder deine Mutter müssen aus einer ihrer Sippen stammen, denn diese Kraft wird innerhalb ihrer Familien über Generationen weitervererbt."

Auch vor der Oberpriesterin der Isis machten die Gerüchte schließlich nicht Halt. Als sie mich zu sich rief, ahnte ich bereits nichts Gutes.

„Anuket. Komm herein und schließ die Tür. Ich habe mit dir zu reden."

Gehorsam folgte ich ihrer Aufforderung.

„Setz dich", meinte sie, mir einen Stuhl zuweisend. „Es gibt viele Gerüchte, die in den letzten Tagen mein Ohr erreichten. Sag mir, mein Kind, was ist an ihnen wahr? Was ist in jener besagten Hütte vorgefallen, worüber sich die Leute den Mund zerreißen?"

„Ich wurde zu der Hütte gerufen, um einer Schwangeren beizustehen. Dies tat ich. Mehr ist darüber nicht zu sagen. Was die Leute daraus machen, ist, wie so oft, Unsinn."

„Ist es denn nicht richtig, dass die Frau und das Kind eigentlich verloren waren? Wie hast du es geschafft, sie zu retten?"

„Allein mit der Hilfe der Göttin Isis. Ich habe zu ihr gebetet, und sie hat meine Gebete erhört."

Meritre seufzte. „Ich habe vor Jahren von einem ähnlichen Fall gehört. Damals stand eine der Frauen des Pharaos vor dem Eintritt ins Reich der Toten. Ein Mädchen, ein Mischling wie du, hat sie und das Kind gerettet. Die große Königsgemahlin trat damals an mich heran und bat mich, dieses Mädchen im Tempel aufzunehmen und auszubilden. Doch es kam nicht dazu. Von heute auf morgen war die Familie verschwunden. Niemand wusste, wohin sie gegangen war. Ich frage dich nun ganz offen, und sei bitte ehrlich, Anuket. Warst du dieses Mädchen?"

Ich senkte den Blick und schwieg. Was hätte ich auch sagen sollen? Mein Vater hatte recht gehabt, ich hätte nie wieder von meinen Fähigkeiten Gebrauch machen sollen. Aber es war um Ramoses Schwester gegangen, und ob ich es mir nun eingestehen wollte oder nicht, ich liebte Ramose, den Priester des Seth. Doch das durfte ich der Oberpriesterin in keinem Fall gestehen. Isis und Seth trennten auf ewig der Tod des Osiris. Sie waren von Natur her für alle Zeit Widersacher, die nicht zusammenkommen durften.

„Verstehe ich dein Schweigen richtig? Du bist das Mädchen, welches die große Königsgemahlin zu uns senden wollte?"

Ich schwieg noch immer, denn ich wollte nicht antworten.

„Warum seid ihr damals fortgelaufen? Anuket, weißt du überhaupt, welche außergewöhnliche Kraft dir die Göttin verliehen hat? So etwas gehört geschult. Du, mein Kind, stehst aus irgendeinem Grund der Göttin ebenso nahe wie den Menschen. Du kannst ihr Sprachrohr werden, ihren Willen erkunden. Du bist ein wirkliches Geschenk für unseren Tempel. Die Menschen werden von überall herkommen, um dich zu sehen und durch dich den Segen der Göttin zu erlangen."

„Nein, nein, nein!", schrie ich entsetzt auf. „Ich will das alles nicht. Meine Eltern sind damals geflohen, weil sie ihr einziges Kind nicht an den Tempel verlieren wollten. Und mein Vater hat mir an jenem Tag verboten, je wieder jemandem zu helfen. Ich hätte es gewiss auch nicht getan, wenn es sich nicht um die Schwester von Ramose gehandelt hätte. Ihm, einem Freund, konnte ich die Bitte um Hilfe nicht abschlagen."

„Ramose, der Priester des Seth? Ein gefährlicher Umgang, den du da pflegst. Du solltest ihn meiden."

„Wir sind Freunde, mehr nicht."

Meritre lachte. „Wann gab es zwischen Mann und Frau jemals nur Freundschaft. Es sind immer Gefühle im Spiel, wenn zwei Menschen verschiedenen Geschlechts aufeinandertreffen. Die Frage ist nur, wer die stärkeren Gefühle für den anderen hegt, denn der ist immer der Unterlegene in der Beziehung. Mach dich davon frei, Anuket. Es ist nicht gut für eine Priesterin der Isis, einem Mann ihr Herz zu schenken."

„Wir sind niemals über eine Grenze gegangen, die Anstand und Sittlichkeit verletzt hätte", begehrte ich auf.

„Das ist auch gar nicht nötig, Anuket. Auch ohne diese Grenze zu überschreiten, kann man von einem Mann abhängig werden. Sieh nur, ihm zuliebe hast du bereits deine Grundsätze verletzt. Was würdest du ihm zuliebe noch tun?"

„Nichts", antwortete ich trotzig.

„Gut, dann wird es dir ja auch nichts ausmachen, deinen Umgang mit ihm einzustellen, denn ich habe große Pläne mit dir. Allein schon deine Krampfanfälle haben mir gezeigt, dass du der Göttin näherstehst als wir alle hier. Und nun auch noch diese heilende Kraft, die Isis durch dich fließen lässt. Du bist vor uns allen von ihr ausgezeichnet. Du wirst einmal unsere jetzige Seherin, wenn ihre Kräfte schwinden, ersetzen. Wenn Isis zu einer ihrer Priesterinnen spricht, dann zu dir."

„Nein, nein und nochmals nein!", stieß ich wütend hervor. Eine Seherin, betäubt von berauschenden Mitteln und unheilvollen Dämpfe während ihrer Trance einatmend, die auf einem Stuhl in einem abgeschlossenen Raum die Zukunft und das Schicksal Ägyptens zu erforschen sucht, das war nicht das Leben, das ich mir wünschte. Eigentlich hatte ich mir nichts mehr gewünscht, als Ramose zu heiraten und mit ihm eine Familie zu gründen. Dass das Schicksal uns dies verwehrt hatte, war schlimm genug für mich gewesen. Doch ich hatte mich damit getröstet, als Priesterin der Isis kranken, leidenden Menschen helfen zu können. Nun sollte auch dies nicht möglich sein, weil die Oberpriesterin mich für den Ruhm und Wohlstand des Tempels benutzen wollte. Ich wollte laut schreien. Doch plötzlich fühlte ich tief in mir jenes andere ich, dass mich zur Vorsicht mahnte. – Zeig keine Gefühle, Anuket. Ich bin bei dir. Ich werde dir helfen. Gemeinsam werden wir deine Feinde vernichten. Weder die Oberpriesterin noch Isis werden sich deiner bemächtigen. Vertraue mir. Wenn die Zeit reif ist, werden wir alle vernichten, die Macht über dich gewinnen wollen. –

Die plötzlich in mich eingekehrte Ruhe verwirrte die Oberpriesterin doch ein wenig. Und als sie in meine dunklen, glühenden Augen blickte, erfasste sie ein Schauder. Für einen Augenblick glaubte sie, in die Augen einer Besessenen und in einen tiefen Abgrund zu blicken. Doch sogleich verflog der Glanz aus meinen Augen, und ich sagte ruhig: „Vorläufig möchte ich nichts anderes, als den Menschen helfen."

Meritre nickte. „Dann hilf ihnen, indem du sie für Isis segnest und, wenn du kannst, heilst. Alles Weitere wird sich finden."

Damit war unser Gespräch beendet, und ich kehrte an meine Arbeit zurück. Doch von diesem Tag an sollte sich mein Leben abermals grundlegend verändern, denn die Oberpriesterin ließ überall verlauten, dass Isis nicht nur durch mich jene Mutter und ihr Kind gerettet hätte, sondern auch seinerzeit die Frau des Pharaos, Teje, und deren Sohn Pentawer.

Natürlich traf ich mich weiter mit Ramose. Er war mein einziger Freund. Ihm vertraute ich, und darum erzählte ich ihm auch alles, was sich in meinem Leben ereignete. Geduldig hörte er mir jedes Mal zu, sog die Neuigkeiten förmlich in sich auf und riet mir dann, abzuwarten und die Zukunft auf mich zukommen zu lassen.

„Noch habt ihr eure alte Seherin. Sie kann noch sehr lange leben und für euch die Zukunft erkunden. Sorge dich also nicht vorschnell. Diene Isis mit all deiner Kraft. Der Wille der Götter geschieht. Folge ihrem Weg. Die Göttin ist mit dir. Sie hat dir ihr Zeichen auf dein Schulterblatt gesetzt. Hast du dieses Zeichen eigentlich schon einmal jemandem außer mir gezeigt?"

Ich schüttelte den Kopf. „Außer meinem Vater und meiner Tante kennt es sonst niemand."

Ramose nickte zufrieden. „Dann sollte es auch so bleiben, sonst werden sie im Tempel noch mehr von dir verlangen."

„Ach, Ramose, warum muss alles so schwierig sein? Warum können wir nicht einfach unser Leben miteinander teilen, so wie alle anderen auch?"

„Vielleicht, weil es uns nicht bestimmt ist, Anuket. Du und ich – wir haben unser Leben den

Göttern geweiht. Darüber hinaus besitzt du große Kräfte. Isis wirkt durch dich. Sie hat dich ausersehen."

„Das stimmt nicht ganz, Ramose. Als ich damals mit meiner Mutter in den Palast gerufen wurde, wollte Isis nicht, dass ich Mutter und Kind rette. Da war eine andere Macht, die mir geholfen hat, das Unmögliche zu vollbringen."

„Was redest du da, Anuket? Was für eine Macht?"

Ich seufzte schwer. „Die dunkle Macht in mir, die mit Isis nichts zu tun hat. Sie spricht zu mir. Es ist eine Stimme ganz tief in mir, die sich dem Willen der Göttin nicht beugen wird. Sie ist ein Feind der Göttin. Und sie will mich für sich gewinnen. Lange hat sie geschwiegen, und ich hatte schon die Hoffnung, dass ich sie aus mir verband hätte. Doch seit einiger Zeit ist sie wieder da. Und sie sagt mir Dinge, die ich nicht hören, die ich schon gar nicht tun möchte. Und manchmal, Ramose, habe ich nur noch fürchterliche Angst, Angst vor jenen fremden Mächten und vor mir selbst und dem, was mit mir passiert. Mein Vater hatte recht. Ich hätte niemals mehr jene fremden Mächte zu Hilfe rufen dürfen. Und wenn es nicht deine Schwester gewesen wäre, dann hätte ich es auch nicht getan."

„Aber du hast es getan, und dafür bin ich dir dankbar. Dir verdanken meine Schwester und ihr Kind das Leben."

Sanft nahm er mich in seinen Arm, und wir küssten uns zum ersten Mal seit langer Zeit wieder, innig und leidenschaftlich. Doch als er mich losließ, da trat ein seltsamer Glanz in seine Augen, ein Glanz, der mich schaudern ließ.

Am Abend erzählte ich Neith von meiner Unterredung mit Meritre, der Oberpriesterin, ebenso wie von Ramose.

Lange schaute Neith mich nachdenklich an.

„Die Oberpriesterin hat recht. Du solltest deinen Kontakt zu Ramose abbrechen. Er tut dir nicht gut, denn er erinnert dich fortwährend an das, was du eigentlich vom Leben wolltest. Darüber hinaus ist er ein Priester des Seth. Seth und Isis sind zwar Geschwister, aber sie lieben sich nicht. Einer bekämpft den anderen. Sie sind Gegner. Darum kannst auch du nicht Ramoses Freundin sein. Er gehört Seth, so wie du Isis gehörst. Und ist es nicht merkwürdig, dass Ramose so ganz plötzlich zum Priester geweiht wurde, obwohl er doch über keinerlei Geldmittel verfügt hat, um dies durch Bestechung so rasch möglich zu machen?"

„Was willst du damit sagen? Schai hat ihn aufgrund seiner außergewöhnlichen Fähigkeiten bevorzugt. Das ist doch nicht ungewöhnlich."

„Ich meine ja auch nur. Er ist arm und muss seine Familie unterstützen. Damit hat er genug zu tun. Was will er von dir? Warum bricht er den Kontakt nicht ab? Ich vertraue ihm nicht."

„Du redest Unfug, Neith", sagte ich und ließ sie stehen. Doch der Samen, den sie gesät hatte, saß tief. Es wollte mir nicht recht gelingen, die indirekten Anschuldigungen aus dem Kopf zu bekommen.

9.

Die nächsten Jahre arbeitete ich erfolgreich als Heilerin im Tempel. Aus allen Teilen des Reichs kamen Leute zu mir, um sich von mir helfen zu lassen. Manchmal gelang es mir, manchmal wieder nicht. Doch niemals mehr rief ich Isis zu Hilfe, versenkte meinen Blick in die Augen eines anderen oder legte die Hand auf. Die Oberpriesterin Meritre verstand das zwar nicht und forderte mich immer wieder auf, die Gabe, die ich bei meiner Geburt mitbekommen hatte, zu nutzen. Doch ich weigerte mich. Ich wollte diese Gabe nicht, und darum gebrauchte ich sie auch nicht. Darüber hinaus hatte mich ihr Gebrauch schon einmal fast mein Leben und das zweite Mal unendlich viel Kraft gekostet. Warum sollte ich mein Leben weiter für andere aufs Spiel setzen? Mir reichten die Ergebnisse, die ich mit natürlichen Heilkräutern erreichen konnte. Und dann war da noch immer jene fremde Stimme in mir, die mit mir sprach, mich Dinge glauben machte, die angeblich nur sie und ich sehen und hören konnten. Sie zog mich in ihren Bann, ganz langsam und beharrlich, auch wenn ich mich mit aller Kraft gegen ihre Einflüsterungen wehrte.

Natürlich traf ich mich weiter mit Ramose, der im Laufe der Jahre zum zweiten Propheten des Gottes Seth aufgestiegen war. Manchmal wunderte sogar ich mich darüber, wie er dies geschafft hatte, ganz ohne Geld und einflussreiche Freunde. Doch ich fragte ihn nicht, und er sprach auch nie über dieses Thema. Wenn wir uns trafen, dann erzählten wir einander von unserem Leben, unseren

Erlebnissen, unseren Gefühlen, Hoffnungen und Träumen. Geküsst haben wir uns allerdings nie wieder. Beide hatten wir wohl die Befürchtung, bei einem erneuten Kuss könnten uns unsere Gefühle mit sich fortreißen und alle Dämme der Vernunft brechen.

Neith warnte mich immer wieder vor Ramose, meinte, Männer, die sich von ganz unten nach oben gekämpft hätten, seien gefährlich. Aber ich beachtete ihre Ermahnungen nicht, und auch die fremde Stimme in mir beruhigte mich diesbezüglich. Außerdem liebte und begehrte ich Ramose nach wie vor. Nie hatte ich ganz mit dem Gedanken abschließen können, dass wir zusammengehören.

Oft besuchte ich auch meinen Vater in seiner Lehmhütte, die mir von Mal zu Mal ärmlicher erschien. Dass ich hier einmal gelebt hatte und glücklich gewesen war, konnte ich mir kaum noch vorstellen. Und doch war es so gewesen.

Mein Vater berichtete mir von zunehmenden Schwierigkeiten auf der Baustelle. Es fehlte immer häufiger an Material, sodass die Baustelle oft tagelang geschlossen werden musste, weil nicht weitergearbeitet werden konnte. Auch an der Verpflegung für die Arbeiter mangelte es immer häufiger. Eine allgemeine Unzufriedenheit hatte sich unter den Arbeitern breit gemacht.

„Wie kann das sein?", fragte ich meinen Vater. „Der Tempel wird von Pharao mit Geschenken an Getreide, Vieh, Sklaven, Gold und Silber überhäuft."

„Nun, der Pharao kann eben nicht zwei Mal das gleiche geben. Entweder er gibt den Tempeln, um deren Gunst zu behalten, oder den Arbeitern. Was glaubst du wohl, ist Pharao wichtiger? Natürlich die Tempel. Sie sind zwischenzeitlich zu einem Staat im Staat geworden. Ihre Macht fürchtet Pharao. Wir sind ihm egal. Ob ein paar Arbeiter des Hungers sterben, was macht das schon? Es gibt genug Nachschub."

„Wie du das so sagst?", meinte ich erstaunt. „Fast könnte ich glauben, du bist gegen Pharao?"

„Du weißt, ich war Pharao immer ein treuer Untertan. Aber was im Augenblick im Land geschieht, ist nicht gut. Ägypten ist ausgeblutet von seinen vielen Kriegen. Und es ist kein Ende in Sicht. Immer neue Völker stürmen an unsere Grenzen und bedrohen das Reich. Natürlich muss Pharao sie zurückschlagen, und er muss die Armeen bezahlen, die er dafür braucht. Im Land gibt es immer häufiger Unruhen, angestiftet durch Priester, die Pharaos göttliche Berufung anzweifeln. Was also macht Pharao? Er besticht die Tempel mit seiner Kriegsbeute, die er unter ihnen verteilt. So werden die Tempel immer reicher und vor allem mächtiger. Wer hat das Nachsehen? Der kleine Mann, der die Zeche zahlen muss."

„Über all das habe ich noch nie nachgedacht, Vater. Glaubst du, es wird zu Unruhen kommen?"

„Hoffen wir es nicht. Aber ganz ausschließen würde ich es auch nicht, wenn es so weitergeht."

Ich hatte mich nie viel mit Politik und den Machenschaften der Großen des Reichs beschäftigt. Meiner Meinung nach lief alles gut in Ägypten, da ich selbst doch täglich den wachsenden Wohlstand unseres Tempel mit ansehen konnte. Daher waren mir die Sorgen meines Vaters neu. Doch wenn ich mich so in seinem Haus umsah, stellte ich fest, dass im Gegensatz zu früher kaum Vorräte vorhanden waren.

Mein Vater lächelte mich an. „Die wöchentlichen Zuteilungen der Rationen werden immer spärlicher, wie du siehst. Irgendwann werden sie vielleicht ganz gestrichen. Nein, Anuket, wenn du mich fragst, gehen wir schlechten Zeiten entgegen. Doch lass uns von etwas anderem sprechen. Wie geht es deinem Freund Ramose? Ich habe gehört, seine Frau ist schwanger."

Ich starrte meinen Vater an, dann begann ich schallend zu lachen. „Wie kommst du denn darauf? Seit wann ist Ramose verheiratet?"

Mein Vater schaute mich lange und nachdenklich an. „Du weißt es nicht? Nein, du weißt es wirklich nicht. Dein Freund hat vor einigen Monden die Tochter eines reichen Amuletthändlers aus Abydos geheiratet. Kurz darauf ist er zum zweiten Propheten des Seth ernannt worden. Sicher ist dabei das Geld des Amuletthändlers geflossen. Und nun, so sagt man, ist sie schwanger."

Ich starrte meinen Vater fassungslos an. Ganz plötzlich fühlte ich mich aufs Grausamste betrogen und hintergangen, mich um mein Leben, meinen Traum betrogen. Eine andere hatte meinen Platz eingenommen. Tränen schossen mir in die Augen.

„Das kann doch nicht wahr sein. Das hätte er mir sagen müssen. Wie konnte er nur?"

„Er hat es dir nicht gesagt?" Mein Vater zog mich zärtlich an sich. „Gewiss wollte er dich nicht kränken, Anuket, dir nicht wehtun."

„Das ist ihm gelungen", schluchzte ich. „Eine andere hat mir meinen Traum gestohlen. Sie steht jetzt dort, wo ich immer stehen wollte. Verflucht soll sie sein."

„Anuket, zügle dich. Du weißt, dass dieser Traum niemals hätte wahr werden können, denn du bist der Göttin Isis verpflichtet. Ich habe lange gebraucht, um dies zu begreifen. Auch ich hatte für dich immer einen anderen Traum. Aber all dies sollte nicht sein. Du bist heute eine der angesehensten Isispriesterinnen des Tempels. Und ich habe damit meinen Frieden gemacht. Auch du solltest deinen Frieden machen."

„Nein, Vater. Er hat mich hintergangen, hat sich für Geld verkauft. Neith hat mich die ganze Zeit vor ihm gewarnt. Und sie hat recht gehabt. Das werde ich ihm nie verzeihen."

„Aber du kannst ihm doch nicht zum Vorwurf machen, dass du Priesterin der Isis geworden bist. Er muss sein Leben genauso wie du weiterleben."

„Ja, und sich mit mir treffen und so tun, als ob alles so wie immer wäre. Warum hat er mir von seiner Heirat nichts erzählt, wenn alles an ihm so redlich ist? Sag mir das?"

„Ich weiß es nicht, Anuket. Vielleicht hatte er Angst, deine Freundschaft zu verlieren. Ich sollte dies nicht sagen, aber ich glaube, er liebt dich immer noch. Und wenn ich dich so anschaue, kann ich das verstehen. Du bist eine wunderschöne Frau, Anuket. Nur bist du für ihn als Priesterin der Isis unerreichbar geworden. Aber das Leben geht weiter. Jeder muss seinen Weg gehen."

„Pah!", stieß ich zornig hervor. „Ich glaube, ich sollte jetzt besser gehen. Ich brauche einige Zeit für mich."

Mein Vater nickte verstehend. „Beruhige dich, mein Kind. Dann sieht die Welt gewiss gleich ganz anders aus. Sicherlich hätte er dir sagen sollen, dass er heiratet. Ich glaube, er hat es aus Angst, dich zu verlieren, nicht getan. Du solltest ihm das verzeihen."

„Wenn er Angst hatte, mich zu verlieren, dann hat er damit Erfolg gehabt. Ich will ihn nie mehr wiedersehen."

Damit stand ich auf und verließ die Hütte meines Vaters. Im Tempel angekommen, zog ich mich in mein Gemach zurück und schickte alle, die nach mir sehen wollten, fort. Selbst mit Neith wollte ich nicht sprechen. Ich musste mit meinem Schmerz allein fertig werden. Niemand sollte meinen Kummer mit mir teilen, außer diese fremde, dunkle Stimme in mir, die nach Rache schrie.

10.

Kurz darauf lag unsere Priesterin der Orakel im Sterben. Alt und eingefallen ruhte sie in ihrer Kammer auf ihrem Bett und erwartete den Boten des Osiris, der kommen sollte, um sie vor das Gericht des Thot zu führen. Ich und die Oberpriesterin saßen neben ihr und spürten, wie langsam das Leben aus ihrem Körper rann.

Nach meinem Zusammenbruch und der anschließenden langen Krankheit, die mich durch Fieberträume fast in den Wahnsinn geführt hätte, hatte ich mich nicht länger geweigert, dem Wunsch Meritres zu folgen und nach ihrem Tod die Nachfolge von Kara, der Priesterin des Orakels, anzutreten.

Nun saßen wir da und warteten auf ihren Tod. Langsam öffnete die alte Frau noch einmal die Augen und schaute mich durchdringend an.

„Folge dem Weg der Isis, mein Kind, und hüte dich vor Seth, dem Zerstörer. Er versucht von dir Besitz zu ergreifen, das spüre ich. Verweigere ihm den Zutritt zu deinem Innern, Anuket. Bleib auf dem Weg der Gerechten."

Unwillig schüttelte ich den Kopf. „Ich folge dem Weg der Isis, Kara. Niemals mehr wird jemand von mir, meinem Herzen, meinen Gefühlen Besitz ergreifen. Das habe ich mir fest vorgenommen", versicherte ich ihr.

Müde stöhnte die alte Frau auf. „Es ist schon immer in dir, das Gift, mein Kind. Doch du kannst es besiegen, denn Isis hat dir ihr Zeichen geschenkt. Das schwarze Land geht schweren Zeiten entgegen. Es braucht Pharaos Kraft und Führung. Und Pharao wiederum braucht die Hilfe der Götter. Unsere Aufgabe ist es, Mittler zwischen den Göttern und Pharao zu sein. Vergiss das nie. Versprich mir das, mein Kind."

Ich nickte stumm, auch wenn ich nicht wirklich verstand, was die alte Frau mir sagen wollte. Der Blick der Oberpriesterin ruhte einen Augenblick lang nachdenklich auf mir, ehe er sich wieder der alten Priesterin zuwandte. Als diese ihren letzten Atemzug tat und wir uns erhoben, um die wartenden Sempriester den Leichnam Karas ins Haus des Todes überführen zu lassen, fragte Meritre mich plötzlich: „Bist du dir sicher, Anuket, dass du deiner neuen Aufgabe gerecht werden kannst? Du hast dich seit deiner Krankheit sehr verändert, bist still und verschlossen geworden."

„Ich bin mir der Verantwortung, die diese neue Aufgabe mit sich bringt, durchaus bewusst. Glaube mir, Meritre, ich werde mein Bestes geben. Mehr kann ich nicht versprechen."

Die Oberpriesterin nickte. „Gut, Anuket, gleich nach der Trauerzeit für Kara und ihrer Bestattung werde ich dich zur Priesterin des Orakels ernennen. Hoffen wir auf den Segen der Götter und auf gute Opfer."

Damit spielte sie auf das verdorbene Schaf und die anschließende schlechte Stimmung bei meiner Weihung zur Priesterin an. Doch ich achtete nicht weiter auf ihre Anspielung, denn ich hatte mir, nachdem ich meine Krankheit endlich überwunden hatte, geschworen, von nun an alles zu tun, um Ruhm und Macht zu erringen. Sollte

Ramose doch sehen, was er davon hatte, mich so schändlich zu betrügen.

Meine Einführung in das neue Amt war ein großes Ereignis, zu dem viele Gäste geladen waren. Gleich der Göttin Isis selbst war ich in ein prächtiges, aus Silberplättchen gefertigtes Gewand gekleidet, mit Pfauenfedern geschmückt, die Krone mit den Hörnern und der goldenen Scheibe dazwischen auf meinem Kopf. Während alle andern fröhlich feierten, trank ich meinen ersten berauschenden Sud und zog mich in die Kapelle der Isis zurück, um die berauschenden Dämpfe, die die Kammer erfüllten, auf mich wirken zu lassen. Tatsächlich verfiel ich in einen Trancezustand, und Bilder flogen an mir vorbei, deren Bedeutung ich aber nicht erkennen konnte. Allein ein Mann mit durchgeschnittener Kehle blieb in meinem Gedächtnis zurück. Doch mit diesem Bild mochte ich hinterher nicht viel anzufangen, und darum verdrängte ich es wieder. Ich wollte meine Weihung unter keinen Umständen mit einer schlechten Voraussage erneut beschmutzen. So sprach ich hinterher von blühenden Feldern, einer reichen Nilschwämme und ähnlichem, all das eben, was man von mir erwartete. Und die Priester und Mächtigen waren zufrieden. Leise lächelte ich in mich hinein. Die Menschen wollten betrogen sein. Niemand wollte in diesen ohnehin schon schlechten Zeiten auch noch schlechte Prognosen erhalten.

Nachdem ich meine Voraussagen gemacht und der Rausch sich verflüchtigt hatte, mischte ich mich unter die Gäste, um mit ihnen zu feiern.

„Eine schönere Priesterin als dich, um die Zukunft unseres Landes vorherzusagen, hätte man kaum finden können. Wahrlich wäre deine Haut nur etwas heller, du wärst das Ebenbild der Göttin selbst. Wie du glänzt, in das Silber der Göttin Isis gekleidet und deine Haut mit Goldstaub benetzt schimmert. Und diese Augen, schwarz wie Obsidian. Fast glaubte ich, in deinem Blick zu verbrennen."

Überrascht blickte ich mich nach dem um, der mich da angesprochen hatte. Es war ein junger Mann in der Kleidung eines Adligen. Seine Tunika war aus feinstem Leinen mit reicher, blauer Stickerei am Kragen. Um seinen Hals hatte er ein breites Goldpektoral gelegt. Auch an seinen Armen waren breite Goldspangen, ebenso wie sein Gürtel aus purem Gold zu sein schien. Seine schwarze Perücke war von bester Qualität, und er war stark und aufwendig geschminkt, so wie nur Adlige sich in einer langen Prozedur von ihren Sklaven schminken lassen konnten.

Ich lächelte ihn an, um dann weiterzugehen. Doch er hielt mich am Arm fest.

„Bleib einen Augenblick, Anuket. Schließlich bin ich extra aus Pi-Ramses gekommen, um die Frau kennenzulernen, die das Wunder vollbracht hat, mich gegen den Willen der Götter ins Leben zu geleiten. Ganz Ägypten spricht von dir und deinen Kräften. Das hat mich neugierig gemacht. Darum musste ich mich mit eigenen Augen überzeugen, ob du wirklich so schön und magisch bist, wie die Leute es behaupten."

„Wer bist du?", fragte ich überrascht.

„Prinz Pentawer, jener Prinz, dem du als kleines Mädchen auf die Welt geholfen hast."

Verblüfft schaute ich den jungen Mann an. Er sah gut aus, würde gewiss einmal ein sehr schöner und stattlicher Mann werden, wenn er einige Jahre älter geworden war. Doch er hatte auch etwas Beunruhigendes an sich, etwas, das mir riet, so schnell wie möglich die Flucht vor ihm zu ergreifen.

„Es freut mich, Euch kennenzulernen, Prinz und ehrt mich, dass Ihr extra wegen mir nach Abydos gekommen seid. Doch entschuldigt mich bitte. Mich ruft die Pflicht."

Schon wollte ich mich davonstehlen. Doch seine Hand, noch immer fest um meinen Arm gelegt, ließ mich nicht los.

„Die Zeit, ein Glas Wein mit mir zu trinken und auf deine neue Aufgabe hier im Tempel anzustoßen, wirst du doch aufbringen können?"

Schon wollte ich erneut ablehnen, da sah ich in einiger Entfernung Ramose auf mich zukommen. Seit ich von seiner Hochzeit und der Schwangerschaft seiner Frau erfahren hatte, hatte ich ihn nicht mehr gesehen. Wohl hatte man mir berichtet, dass er während meiner Krankheit immer wieder zum Tempel gekommen und nach meinem Befinden gefragt hatte. Doch das hatte mich nicht interessiert. Und auch danach hatte ich seine Bitten, sich mit mir zu treffen, ignoriert und seine Boten ohne Nachricht zurückgesandt. Meine bittere Enttäuschung hatte sich in der Zwischenzeit in Zorn verwandelt, und ich wünschte mir nichts mehr, als ihm so wehzutun, wie er mich verletzt hatte. So wandte ich mich Pentawer zu und nickte. „Gerne, Hoheit. Trinken wir ein Glas zusammen auf diesen Tag und die Zukunft unseres Landes."

Damit ließ ich mich von ihm fortführen, ohne auch nur einen Blick zurückzuwerfen. Bald waren Pentawer und ich in der Menge untergetaucht. Wir leerten gemeinsam einen Becher Wein und unterhielten uns über belanglose Dinge, wie die aktuelle Mode am Hof oder die neuste Favoritin Pharaos. Als ich mich schließlich verabschieden wollte, meinte Pentawer verheißungsvoll: „Wir sollten uns wiedersehen, Anuket. Du bist die faszinierendste Frau, der ich je begegnet bin. Ich werde mit Pharao und einigen meiner Brüder in den nächsten Tagen nach Norden ziehen, um erneut gegen die Feinde, die unsere Grenzen bedrohen, zu kämpfen. Nur der Thronfolger wird im sicheren Pi-Ramses bleiben." Eine Spur von Verachtung lag bei der Erwähnung des Thronfolgers in seiner Stimme. „Aber danach werden wir uns wieder begegnen, das verspreche ich dir."

„Ganz wie Hoheit belieben", antwortete ich und stahl mich dann so schnell wie möglich davon, froh darüber, den Prinzen hinter mir lassen zu können. Irgendetwas an ihm wollte mir nicht gefallen. Doch ich konnte es nicht benennen. Verwirrt erinnerte ich mich daran, dass ich bei seiner Geburt den Eindruck gehabt hatte, dass nicht Isis, sondern eine fremde Macht ihn allen widrigen Umständen zum Trotz hatte überleben lassen wollen.

Noch ganz in die Gedanken an die damaligen Ereignisse versunken, lief ich direkt in Ramose hinein, der mich in der Menge entdeckt hatte.

„Anuket, wie geht es dir?"

Sein Blick schien mich geradewegs zu durchbohren, als ich zu ihm aufblickte.

„Was interessiert das dich?", fauchte ich ihn an. „Kümmere dich um deine Frau und dein ungeborenes Kind, und lass mich in Ruhe. Ich will dich nie mehr sehen."

„Du weißt es also? Ich wollte es dir schon so lange erzählen. Aber ich habe mich nicht getraut. Ich wusste nicht, wie ich beginnen sollte."

„Ja, ich weiß es", zischte ich ihn an. „Und irgendwie habe ich den Eindruck, dass ich es als Letzte erfahren habe. Mein Vater musste es mir sagen. Ich bin dagestanden wie ein dummes Kind. Nein, Ramose, unsere Freundschaft, wenn es die je gab, hast du für immer zerstört. Aber eigentlich wollte ich ja auch nie deine Freundschaft, und das weißt du genau. Ich wollte deine Liebe, und das, was du jetzt einer anderen schenkst, ein Heim, eine Familie. Also gehe mir in Zukunft aus dem Weg. Ich möchte dich nicht mehr kennen."

„Aber Anuket!" Flehend schaute er mich an. „All das wollte auch ich mit dir, wenn auch erst, wenn meine Familie meine Unterstützung nicht mehr gebraucht hätte. Doch an dem Tag, an dem ich das Zeichen der Isis auf deiner Schulter gesehen habe, hat sich alles verändert. Da wusste ich, dass es nicht sein darf, dass die Göttin lange vor mir ihren Anspruch auf dich erhoben hat. Wie könnte ich, ein Nichts, mich gegen die Götter stellen. Nein,

Anuket, uns wäre niemals ein gemeinsames Leben vergönnt gewesen. Und das weißt du auch."

„Grund genug, dir bei einer anderen das zu holen, was ich dir angeblich nicht geben kann. Und noch dazu ist sie reich. So also bist du zum zweiten Propheten aufgestiegen, durch das Geld deines Schwiegervaters. Weißt du was, Ramose – du bist einfach nur erbärmlich. Neith hat schon recht, wenn sie sagt, dass man den Wunsch nach Macht und Anerkennung von Emporkömmlingen nicht unterschätzen darf. Sie verkaufen selbst ihr Ka und Ba für ein bisschen Einfluss."

Damit wandte ich mich von ihm ab und suchte meinen Weg durch die Menschen zu meiner Kammer, wo ich mich heulend auf mein Bett warf. Sein letzter Blick, voll von Trauer und einer tiefen Wunde, die ich ihm zugefügt hatte, wollte nicht aus meinem Kopf. Ich hatte ihn treffen, ich hatte ihn verletzen wollen, so wie er mich verletzt hatte. Doch glücklich war ich nicht darüber, dass es mir gelungen war.

11.

„Anuket!" Mitten in der Nacht klopfte es an meiner Kammer. „Anuket, wach auf! Es scheint wichtig zu sein. Jemand will dich dringend sprechen."

Verschlafen versuchte ich zu mir zu kommen. Vor meiner Tür stand Neith. Sie sah mich einen kurzen Augenblick lang mitleidig an, dann zog sie mich mit sich fort in den Raum, in dem die Oberpriesterin für gewöhnlich ihre Gäste zu empfangen pflegte. Unvermittelt stand ich vor Meritre und einem mir völlig unbekannten Mann.

„Das ist Aha, ein Amuletthändler aus der Stadt. Er ersucht uns um unsere Hilfe. Seine einzige Tochter liegt seit Tagen in den Wehen, doch das Kind will nicht kommen. Er ist verzweifelt, weil seine Tochter am Ende ihrer Kräfte ist. Die Hebammen, die er zu Hilfe gerufen hat, wissen keinen Rat mehr. Vielleicht kannst du ja helfen."

Die Oberpriesterin schaute mich fragend an.

„Wenn die Hebammen nicht helfen können, wie sollte ich da weiterwissen? Das Leben der Menschen liegt in den Händen der Götter. Sie entscheiden über Leben und Tod", antwortete ich abwehrend. An den Händler gewandt fragte ich: „Wie kommst du überhaupt darauf, dass ich helfen könnte?"

„Über dich, Priesterin der Isis, werden die unglaublichsten Geschichten erzählt. Deine magischen Hände sind überall im Gespräch. Wenn jemand helfen kann, dann du."

Ich seufzte erschöpft und müde: „Die Menschen erzählen vieles. Man darf nicht immer alles glauben."

„Bitte, versuch es doch wenigstens. Wenn du mit mir kommst, werde ich dem Tempel eine großzügige Spende machen, ganz gleich, ob du Erfolg hast oder nicht."

Ich schaute zu Meritre und sah die Gier in ihrem Blick. Alles, was den Reichtum und die Macht des Tempels mehren konnte, mehrte auch ihre Macht und ihren Reichtum. Niemals würde sie sich eine solche Möglichkeit entgehen lassen. Doch noch etwas anderes glomm in ihren Augen, was mich misstrauisch machte. War da nicht so etwas wie ein verschlagenes Glitzern in ihrem Blick? Ich schaute zu meiner Sklavin Neith, die verlegen zu Boden schaute. „Worum geht es hier wirklich, Neith? Was ist los?"

„Es ist nicht irgendeine Frau, die in den Wehen liegt", stotterte Neith. „Es ist die Frau von Ramose, dem zweiten Propheten des Seth."

„Und dafür weckst du mich?", schrie ich sie zornig an. „Nie und nimmer denke ich daran, mich hier einzumischen. Und das kann sich Ramose gewiss auch denken. Hat er deshalb dich geschickt?", fauchte ich den Händler, einen kleinen Mann mit dickem Bauch und Schweiß auf der Stirn, an.

„Nein", stotterte der Mann, „ganz im Gegenteil. Er hat mir untersagt, aus dem Tempel der Isis Hilfe zu holen. Aber ich kann doch nicht zusehen, wie meine einzige Tochter und ihr Kind sterben. Hilf uns, Priesterin! Bitte."

Ich schüttelte energisch den Kopf. „Ich kann dir nicht helfen. Nimm eine andere Priesterin und Neith mit. Es gibt viele gute Heilerinnen unter uns. Wenn sie nichts ausrichten können, könnte ich es auch nicht."

Damit wandte ich mich ab und lief zurück in meine Kammer. Zitternd ließ ich mich auf mein Bett fallen, legte den Kopf in meine verschränkten Arme und begann bitterlich zu weinen. Jeden hätte er rufen dürfen, nur nicht mich. Das war unmöglich und gemein. Je länger ich weinte, umso widersprüchlichere Gefühle übermannten mich. Die eine Stimme in mir triumphierte, denn nun hatte ich meine Rache bekommen, sogar ohne selbst etwas unternehmen zu müssen. Die andere aber mahnte mich, dass ich meiner Pflicht, als Priesterin der Isis zu helfen, wo immer ich konnte, nicht nachgekommen war. Jetzt, gerade in diesem Augenblick, machte ich mich vielleicht schuldig am Tod einer Frau und deren Kind. Doch hätte ich überhaupt helfen können? Wie gelähmt starrte ich auf die Wand vor mir und fragte mich, ob ich richtig gehandelt hatte.

In jener Nacht fand ich keinen Schlaf mehr, und als endlich der Morgen graute, wusste ich, dass es für jede Hilfe zu spät war. Ramoses Frau und Kind waren tot, gestorben, weil ich mich geweigert hatte zu helfen. Mit dieser Schuld würde ich von nun an leben müssen.

Als ich beim Frühstück in Neiths erschöpftes, trauriges Gesicht blickte, fühlte ich mich zerrissener als je zuvor in meinem Leben.

„Sie sind beide tot, die Mutter und das Kind", meinte Neith nur tonlos. „Nichts hätte sie mehr retten können. Die Mutter ist innerlich verblutet. Das Kind war schon vor der Geburt längere Zeit tot. Auch du hättest es nicht retten können. Mach dir also keine Vorwürfe, Anuket. Der Wille der Götter geschieht."

Das sagte sich so leicht. Doch der eine Teil von mir machte sich bittere Vorwürfe, während ein anderer Teil in mir frohlockte und mich tiefer in einen Abgrund zog.

Von diesem Tag an streifte mich der Blick der Oberpriesterin nur noch mit eisiger Kälte. Sie hatte mich zu dem gemacht, was ich war, und nun hatte ich sie bitter enttäuscht. Ich hatte mich gegen die Gebote unserer Göttin gestellt, zu helfen, wann immer ich helfen konnte und Leben zu schützen. Ob ich hätte helfen können oder nicht, spielte dabei keine Rolle. Ich hätte es versuchen müssen. Und natürlich hätte ich alles tun müssen, um den Ruhm und den Reichtum unseres Tempels zu vergrößern. Eine erneute Wunderheilung wäre daher mehr als nur einträglich gewesen. Diese stumme Anklage verfolgte mich von nun an täglich. Doch ich war inzwischen zu erfolgreich, mächtig und beliebt und damit unantastbar geworden, als dass Meritre mir im Tempel noch hätte schaden können. Schließlich wurde ich bei Hof sogar als ihre Nachfolgerin gehandelt. Also blieb Meritre nichts anderes übrig, als mich mit ihrer Missachtung zu strafen.

12.

Er kam tatsächlich wieder – Pentawer. Eines Morgens betrat er den Tempel, brachte Amun, Osiris und Isis ein Opfer dar und verlangte dann, zu mir vorgelassen zu werden. Ich war gerade damit beschäftigt, die Göttin mit frischer Nahrung zu versorgen, ihr Fleisch von den Opfertieren und Obst und Wein aus Spenden der Bevölkerung darzubringen, da ließ mich Meritre in ihren Audienzsaal rufen. Ein Lächeln huschte über Pentawers Gesicht, als er meinen überraschten Gesichtsausdruck sah.

„Dein siegreicher Held ist zurück, meine Schöne", meinte er fröhlich. „Wir haben die uns angreifenden Seevölker im Nildelta in eine Falle locken und vernichtend schlagen können. Der Sieg ist unser. Und nun bin ich zurück, wie ich es dir versprochen habe."

Er strahlte übers ganze Gesicht und kam auf mich zu.

„Und weshalb seid Ihr zurück, Hoheit. Wollt Ihr den Göttern für Euren Sieg danken? Frömmigkeit ist den Göttern immer wohlgefällig."

„Gewiss will ich danken. Im Namen von Pharao habe ich reiche Geschenke für den Tempel von Abydos mitgebracht, Weihrauch, Silber, Gold und Sklaven. Wie ich hörte, kommen die Arbeiten an eurem Tempel ebenso langsam voran wie in Medinet Habu. Pharao ist darüber sehr ungehalten. Er möchte Fortschritte sehen. Woran liegt es, dass die Arbeiten immer wieder stocken?", fragte er an uns beide gewandt.

„Alles braucht eben seine Zeit", meinte Meritre vorsichtig.

„Es fehlt oft an Material und an den Essenrationen für die Arbeiter", fügte ich hinzu.

Pentawer nickte nachdenklich. Dann setzte er erneut sein strahlendes Lächeln auf. „Wenn du erlaubst, Oberpriesterin, würde ich dich bitten, mir Anuket als Begleitung mitzugeben, wenn ich die Baustellen der Tempelanlage inspiziere. Pharao wünscht einen genauen Bericht der Lage, und wie ich sehe, kennt sich die Priesterin Anuket mit den Problemen weit besser aus als du."

„Wie Hoheit wünschen", entgegnete Meritre mit saurem Gesichtsausdruck. Die Vertrautheit, mit der Pentawer mir begegnete, ärgerte sie. Doch einem Sohn Pharaos durfte man nicht widersprechen, noch einen Wunsch abschlagen.

So geleitete ich Pentawer durch das Labyrinth des Tempels, zeigte ihm, wo welches Material fehlte, sowie die leeren Vorratskammern, in denen eigentlich ausreichend Lebensmittel für die Arbeiter gelagert sein sollten.

„Pharao schickt kein Baumaterial, kein Essen und auch kein Gold, um welches zu kaufen. Dafür sendet er ununterbrochen Geschenke für den Tempel. Doch diese Geschenke verschwinden in dem Schatzhaus des Tempels. Niemals würden die Priester und Priesterinnen etwas davon in die Hand nehmen, um die Lücken in Versorgung und Material zu füllen. Warum beschenkt Pharao die Tempel fortwährend, obwohl an anderer Stelle immer neue Mängel zu beheben wären?"

„Eine gute Frage, Anuket", antwortete Pentawer. „Pharao will sich auf alle Fälle die Unterstützung der Priesterkasten sichern. Für mehr reicht seine Schatzkammer aber nicht. Darum überall dieser Mangel."

Ich seufzte. „Etwas Ähnliches hat mein Vater mir auch gesagt. Aber Pharao Ramses III. ist doch ein starker Pharao. Warum dann allerorts diese Bestechungsgelder an die Tempel?"

„Pharao ist zwar ein starker Pharao, aber all die Kriege, die er führen muss, kosten viel Geld, und die Beute ist stets sehr gering, da die Völker, die in unser Land eindringen und vertrieben werden müssen, keine Schätze mit sich führen, die die Kosten des Kriegs aufwiegen."

Ich nickte nachdenklich. „Vielleicht sollten dann die überaus großzügigen Geschenke an die Tempel unterbleiben?"

Pentawer lachte. „Und das aus dem Mund einer Priesterin. Lass das bloß nicht andere hören. Sie würden dir gewaltig widersprechen. Aber du hast recht. Einiges müsste geändert werden. Doch dazu ist Pharao nicht bereit. Ich werde jetzt hinaus in die Wüste fahren und mir dort die Fortschritte am Sethtempel anschauen. Ich würde mich freuen, wenn du mich begleiten würdest."

„Das würde die Oberpriesterin niemals erlauben", antwortete ich sofort.

„Und wenn doch, dann würdest du mich begleiten?" Dies war mehr eine Feststellung als eine Frage. „Ich werde das mit Meritre besprechen."

Kurze Zeit später stand ich neben Pentawer auf seinem Streitwagen, und gemeinsam preschten wir in die Wüste hinaus. Ich war niemals zuvor im Sethtempel gewesen und war neugierig, wie dieser wohl aussehen mochte. Aber ich fürchtete mich auch davor, dort auf Ramose zu treffen, von dem ich seit jener unglücklichen Nacht, in der er Frau und Kind verloren hatte, nichts mehr gehört hatte.

Meinen Befürchtungen zum Trotz trafen wir lediglich auf den Oberpriester Schai, der Pentawer durch den Tempelbezirk führte, während ich einen Becher kaltes Bier im Hof des Tempels genoss. Es war ein heißer Tag, und allmählich wurde es mir in der Sonne zu warm. Darum betrat ich zögernd das Heiligtum des Gottes, in dem erfrischende Kühle herrschte. Ein Schauder erfasste mich, als ich der Statue des Gottes unvermittelt gegenüberstand. Und mir kam es so vor, als ob plötzlich seine Stimme zu mir sprach: „Hier bist du zu Hause, Anuket. Hier gehörst du her. Du gehörst mir, mir, mir."

Ich schwankte, strauchelte, fiel. Als ich wieder zu mir kam, lag ich auf einer Liege im Arbeitszimmer des Oberpriesters Schai.

„Ich glaube, es geht ihr wieder besser, Hoheit. Vermutlich war es die Hitze, die zu einem Schwächeanfall geführt hat", meinte er an Pentawer gerichtet, während sein Blick mich durchdringend abschätzte. Was wusste er, was konnte er wissen? Ein ungutes Gefühl überkam mich, während jene seltsame Stimme in mir erneut zu mir sprach. „Hier gehörst du her. Hier bist du daheim."

Wie von Furien besessen fuhr ich hoch. Ich wollte fort von hier, so schnell wie möglich.

„Mir geht es wieder gut, Hoheit. Wenn Ihr fertig seid, sollten wir nach Abydos zurückkehren."

Pentawer nickte, während Schai mich anlächelte: „Besuch uns bald wieder, Priesterin der Isis. Seth wird dich immer willkommen heißen."

Als wir die Rückfahrt antraten, senkte sich die Sonne bereits über den Bergen. Ich war verwirrt und durcheinander. Das Erlebnis im Tempel ließ mich noch immer zittern, sodass Pentawer mich vorsichtig vor sich in den Streitwagen schob und seine Arme wärmend um mich legte. Ein bisher unbekanntes Gefühl durchflutete mich, als ich seinen Körper an meinem spürte. Wie zufällig streifte sein Arm meine Brust, während er den Zügel fest in seiner Hand hielt. Ich spürte, wie sie hart und fest wurde unter der ungewohnten Berührung. Die rasante Fahrt, der Wind, der uns entgegenschlug und die greifbare Nähe eines Mannes, all das brachte mein Blut in Wallung. Ich spürte, wie sich zwischen meinen Schenkeln Feuchtigkeit bildete. Das Verlangen, dort berührt zu werden, wuchs immer stärker in mir. Auch Pentawer schien es zu bemerken. Er legte beide Zügel des Streitwagens in eine Hand, während er mit der anderen zwischen meine Beine fasste und die geweckte Leidenschaft mit seinem Streicheln noch anstachelte. Schließlich zog er die Zügel und brachte den Streitwagen zum Stehen.

„Komm", flüsterte er mir ins Ohr. „Du willst es doch auch. Du bist eine Frau voll Leidenschaft, nicht dazu geboren, ein Leben in Keuschheit zu führen."

Er hob mich vom Streitwagen und legte mich in den Sand. Seine Hände begannen, meinen Körper weiter in Flammen zu setzen, bis ich schließlich nur noch eins wollte, von meinen Qualen erlöst werden. Da endlich drang er mit einem Ruck in mich ein. Doch er schenkte mir keine Erlösung, sondern quälte mich weiter mit seinem erigierten Glied, bis ich fast glaubte, wahnsinnig zu werden. Jedes Mal vor der herbeigesehnten Erlösung zog er sich zurück, ließ meinen Körper sich leicht beruhigen, bevor er sein grausames Spiel erneut fortsetzte. Ein diabolisches Grinsen zeichnete sich dabei auf seinem Gesicht ab, das mir zeigte, wie sehr er es genoss, Macht über mich zu haben.

„Bitte", flüsterte ich schließlich. „Bitte, Hoheit, erlöst mich."

„Von heute an gehörst du mir, Anuket, mir ganz allein."

Ein fester Stoß brachte mich zum Erbeben. Auch er stöhnte kurz auf, bevor er sich neben mir in den Sand rollen ließ.

Lange lagen wir nebeneinander, fühlten in unseren Körpern die Nachwirkungen, die unsere Vereinigung in ihnen ausgelöst hatte.

„Ich habe noch niemals eine leidenschaftlichere, sinnlichere Frau erlebt. Du bist einfach berauschend. Das muss das nubische Blut sein, das in dir fließt. Anders kann ich es mir nicht erklären."

Ich seufzte, tief erschüttert von dem Erlebten. Alles war gut. Ich fühlte mich so ruhig und zufrieden wie lange nicht mehr. Nur eins war falsch, und das wusste ich genau. Es war der falsche Mann, mit dem ich es erlebt hatte.

„Lasst uns zurückkehren, Hoheit. Die Oberpriesterin wird bereits ungeduldig auf mich warten. Ich habe heute noch einige Pflichten im Tempel zu erfüllen."

Pentawer nickte. „Einverstanden. Aber vorher musst du mir eins versprechen. Wir werden uns wiedersehen und das von heute wiederholen."

„Einverstanden", stimmte ich zu, auch wenn ich innerlich genau wusste, dass das, was ich tat, falsch war. Doch der Prinz hatte ein Feuer in mir geweckt, das ich niemals mehr missen wollte. So hätte es zwischen Ramose und mir sein können und sollen. Doch das Schicksal hatte anders entschieden.

Von nun an traf ich mich immer dann mit Pentawer, wenn er in Abydos weilte. Dies tat er oft, und immer besuchte er zuvor Schai, den Oberpriester des Seth, bevor wir uns trafen. Meritre fand diese Treffen mehr als ungehörig, denn eine Priesterin der Isis sollte eigentlich in Keuschheit leben, und sie wusste nur zu genau, was sich zwischen Pentawer und mir abspielte, wenn wir allein waren. Bei jedem anderen Mann wäre sie dazwischen gegangen und hätte ihn des Tempels verwiesen. Doch einem Sohn des Pharaos den Zutritt zu verwehren, wagte sie nicht. So musste sie dem Treiben zähneknirschend zusehen.

13.

Einmal im Monat, immer bei Vollmond, musste ich mich, berauscht vom heiligen Trank, eingehüllt von sinneserweiternden Dämpfen, die auf dem Altar verbrannt wurden, in die Kapelle der Göttin zurückziehen, um ihre Botschaften zu empfangen. Oft empfing ich gar nichts, sondern sank nur in einen tiefen, traumlosen Schlaf. Ratlos, wie ich war, erzählte ich den wartenden Priestern und Priesterinnen hinterher all das, was sie gerne hören und verkünden wollten. Ich sprach von Ägyptens Macht und Stärke, von Pharaos Siegen über die Feinde, von reichen Nilschwämmen. Dann wieder empfing ich des Nachts in meiner Kammer Alpträume, die mich schreiend, in Schweiß gebadet erwachen ließen. In diesen Träumen sah ich einen Mann mit durchgeschnittener Kehle, umringt von einem Kreis von Frauen. Doch konnte ich mir aus diesen Bildern keinen Reim machen. Darum stempelte ich sie als Trugbilder meines Gehirns ab und sprach mit niemandem darüber. Auch die aufgebrachte Menschenmenge, die zuweilen in meinen Träumen durch die Straßen Thebens lief, verdrängte ich, denn sie passte nicht zu dem blühenden Land, das ich prophezeite. Ich tat dies nicht aus bösem Willen, sondern weil ich mir die Bilder nicht erklären konnte und sie darum einfach leugnete.

Je weiter und tiefer ich mich in meine Liebschaft mit Pentawer verstrickte, umso lauter wurde jene fremde Stimme in mir, die zu mir sprach, mich umgarnte und mich Dinge glauben lassen wollte, die eigentlich nicht stimmen konnten. Doch beharrlich hämmerte sie auf mich ein, säte Misstrauen gegen meine Göttin und Meritre, deren Oberpriesterin.

Gewiss, Meritre redete mir oft ins Gewissen. Sie missbilligte meine Liebschaft mit dem Prinzen aufs Äußerste, sah sie als ältere und erfahrene Frau doch genau, wie ich mich immer tiefer in den Fängen einer Leidenschaft verfing, die nicht gut sein konnte. Eine Priesterin der Isis sollte keusch und rein sein. Sie durfte sich nicht in Abhängigkeit von körperlichen Begehren begeben. Und gerade ich, Priesterin des Orakels, hätte mich an diese Gebote zu halten. Doch ihre Reden halfen nichts. Zu sehr war ich von meinem Verlangen nach der leidenschaftlichen Umarmung des Prinzen erfüllt. Diese wollte ich unter keinen Umständen vermissen.

Und so geschah, was über kurz oder lang nicht ausbleiben konnte. Ich wurde schwanger. Ich erwartete ein Kind von Pentawer. Als ich es bemerkte, als ich spürte, dass neues Leben in mir heranwuchs, war ich zuerst zutiefst schockiert. Was sollte nun werden? Eine Priesterin der Isis und schwanger. Das durfte nicht sein. Verzweifelt fragte ich mich, was ich nun tun sollte. Nach langem Überlegen kam ich zu dem Schluss, dass mir wohl nichts anderes übrigbleiben würde, als Meritre von meinem Zustand in Kenntnis zu setzen.

Diese blickte mich finster an und schwieg lange. Schließlich meinte sie resignierend: „Ich habe dich immer wieder gewarnt. Aber du wolltest nicht auf mich hören. Du hast so viele besondere Gaben, Anuket. Warum wirfst du alles weg, nur um dich zum Spielzeug dieses Prinzen zu machen. Denn mehr als das bist du für ihn nicht. Irgendwann verliert er das Interesse an dir. Aber bis dahin hast du alles verloren und zerstört, was dich ausmacht. Glaub mir, ich kenne die Männer. Schließlich war ich auch einmal jung. Lass in Zukunft die Finger von Pentawer. Er hat kein gutes Karma. Versprich mir das, und ich werde dir helfen."

Ich nickte, denn im Augenblick sah ich keinen anderen Ausweg.

„Gut. Ich verlasse mich auf dich. Wir warten jetzt noch einige Zeit, bis man deinen Zustand zu sehen beginnt. Dann sende ich dich offiziell zu unserem Haupttempel in den Norden. In Wirklichkeit wirst du zu deiner Tante gehen, die ja Hebamme ist, und dein Kind dort zur Welt bringen. Das Kind lässt du bei ihr. Sie wird schon wissen, wem sie es anvertrauen kann. Dann kehrst du zu uns zurück."

Ich nickte, froh darüber, eine Lösung geboten zu bekommen, ohne den Tempel für immer verlassen zu müssen. Eine Zeit lang hielt ich mich sogar an das Gebot, Pentawer nicht wiederzusehen. Doch schließlich siegte mein Verlangen nach der Leidenschaft, die ich in Pentawers Armen fand, und ich traf mich erneut heimlich mit ihm. Von dem Kind erzählte ich ihm nichts, denn ich ahnte, dass ihn dies nicht besonders erfreuen würde. Ich sagte ihm nur, dass ich vom Tempel für einige Zeit in unseren Haupttempel im Norden geschickt werden würde und wir uns darum einige Wochen nicht sehen könnten. Er fragte nicht weiter, sondern streichelte sanft über meinen Rücken. Seine Hand blieb, wie so oft, an meinem Mal hängen, das ihn jedes Mal erneut zu faszinieren schien.

„Die perfekten Schwingen der Isis, ein wahres Wunder, dieses Mal. Du bist eine Zauberin, Anuket. Du hast mich in deinen Bann gezogen wie keine andere Frau vor dir. Ich werde dich vermissen."

Davon, dass er mich nicht gehen lassen würde, weil er mich bei sich haben wollte, davon sprach er nicht. Eine Stimme in mir sagte mir deutlich, dass er ein Betrüger war, der mich benutzte. Doch die andere Stimme in mir leugnete dies entschieden, schließlich war er ein Prinz, der mehr zu tun hatte, als sich um mich zu kümmern.

So schieden wir und kamen überein, dass wir uns erst nach meiner Rückkehr aus dem Norden wiedersehen würden.

Kurz vor meiner Abreise begegnete ich zufällig Ramose auf dem Markt, wo ich noch einige Besorgungen für meine Reise zu machen hatte. Schon aus der Ferne erkannte ich ihn, auch wenn er sich verändert hatte. Blass und eingefallen wirkte er, getrieben von einer inneren Unruhe. Rasch wandte ich mich ab, denn ich wollte nicht von ihm gesehen werden. Zu sehr fürchtete ich seine Vorwürfe, die Frage, warum ich nicht geholfen hatte. Doch es war zu spät. Ramose hatte mich bereits entdeckt und kam auf mich zu.

„Anuket, schön dich zu sehen. Du hast mir gefehlt. Wie sehr vermisse ich unsere Gespräche am Nilufer. Wie geht es dir?"

Erstaunt sah ich ihn an. Seine Unbedarftheit überraschte mich völlig.

„Mir geht es ganz gut. Und dir?" Dabei schaute ich ihn fragend an.

„Mir geht es soweit auch ganz gut. Außer dass ich dich furchtbar vermisse. Es tut mir aufrichtig leid, dass du das mit meiner Ehe so erfahren musstest. Ich wollte dich nicht verletzten. Aber ich wusste auch nicht, wie ich es dir hätte sagen sollen."

„Indem du es mir einfach gesagt hättest."

Erneut spürte ich den alten Groll in mir aufsteigen. Doch sogleich verflog er wieder in Anbetracht der Tatsache, was geschehen war, und welche Schuld ich auf mich geladen hatte.

„Ich wollte es, glaub mir. Hundert Mal habe ich es auf der Zunge gehabt, aber doch nicht aussprechen können. Ich hatte zu sehr Angst, dich zu verlieren, unsere Freundschaft zu zerstören."

„Das ist dir so noch viel besser gelungen. Nichts zerstört Freundschaft mehr als Falschheit."

Herausfordernd schaute ich ihn an. Zugleich wartete ich auf eine Anklage von ihm, für die ich mich innerlich bereits gewappnet hatte. Doch sie kam nicht. Zerknirscht nickte er nur.

„Es tut mir leid. Kannst du mir vielleicht irgendwann verzeihen?"

Forschend schaute ich ihn an.

„Du hast sie nicht geliebt, nicht wahr? Sie hat dir nichts bedeutet", stellte ich überrascht fest.

„Wie hätte sie das können. Ich hatte mein Herz lange vorher an dich verloren. Und das hat sie an jedem Tag in unserer Ehe gespürt. Du standest immer wie ein unüberbrückbares Hindernis zwischen uns. Doch da stand noch so viel mehr zwischen uns, das uns für immer trennte. Ich glaube, sie ist gerne gestorben, und dieses Kind wollte sie mir auch nicht lassen."

„Wie kannst du so etwas auch nur denken, Ramose?", fragte ich entsetzt. „Was auch immer zwischen euch stand, deshalb wirft man sein Leben nicht einfach fort, und schon gar nicht, wenn man neues Leben in sich trägt. Deine Frau ist nicht gestorben, weil sie es wollte, sondern weil die Götter es so bestimmt haben."

Er nickte zwar, doch ich merkte, dass ich ihn nicht überzeugt hatte.

„Warum hast du sie überhaupt geheiratet, wenn sie dir so wenig bedeutet hat."

„Schai hat diese Ehe vermittelt, und das keineswegs uneigennützig, wie ich später erfuhr. Nach außen hin vertrat er die Ansicht, dass der zweite Prophet des Seth eine standesgemäße Ehe eingehen müsse, um eine gewisse Priesterin der Isis aus seinem Kopf zu bekommen. Er hat sich geirrt. Ich habe dich trotz allem nicht aus meinem Kopf bekommen."

Ich seufzte nachdenklich. Schai – immer wieder Schai. In Ramoses Leben hatte er sich eingemischt und nichts als Zerstörung bewirkt. Und auf mir noch nicht bekannte Art und Weise mischte er sich auch in Pentawers Leben. Die ständigen Treffen des Prinzen mit dem Oberpriester des Seth kamen mir schon lange merkwürdig vor. Was hatten die beiden fortwährend zu besprechen?

Erneut wandte ich mich Ramose zu. „Ich werde für einige Zeit in den Norden in unseren Haupttempel gehen. Wenn ich zurückkomme, können wir reden, Ramose. Doch jetzt ist nicht die Zeit dafür."

Ich spürte, wie das Kind in meinem Leib mich trat, als wollte es mich zur Ordnung rufen. Denn ich wusste nur zu genau, dass ich das Kind des falschen Mannes in mir trug.

14.

Als der Nil über die Ufer zu treten begann und den fruchtbaren Nilschlamm auf die Felder spülte, brachte ich in dem Haus meiner Tante Nefer eine Tochter zur Welt. Im Gegensatz zu vielen anderen Geburten, die ich miterlebt hatte, war die meine eine leichte und schnelle. Es dauerte keine drei Stunden, nachdem die Wehen eingesetzt hatten, bis meine Tochter den ersten Schrei tat. Glücklich hielt ich sie im Arm, streichelte über das kleine Köpfchen, dessen Hautfarbe der des Vaters glich. Nichts ließ erkennen, dass in den Adern seiner Mutter nubisches Blut floss. Zärtlich drückte ich das kleine Wesen an mich, wohl wissend, dass ich es schon bald bei meiner Tante zurücklassen musste. Doch ich wusste auch, dass sie dem Kind die richtigen Eltern suchen würde, so wie sie mir damals die meinen gesucht hatte. Nur einen Unterschied gab es zu meiner Geburt – meine Mutter hatte mich nicht geliebt, sondern mich gefühllos dem Willen ihrer Eltern geopfert, die mich so rasch wie möglich aus dem Weg geschafft haben wollten. Sollte der Gott Thot sie dereinst alle dafür strafen. Ich aber liebte mein Kind.

Vier Wochen nach der Geburt meiner Tochter kehrte ich nach Abydos zurück und nahm mein Amt als Heilerin und Orakelpriesterin wieder auf. Es fiel mir schwer, mein Kind bei Nefer zurückzulassen. Doch genau betrachtet hatte ich keine andere Wahl. Ich war zur Priesterin geweiht, und Kinder hatten im Tempel nichts zu suchen.

Meritre hieß mich willkommen, doch die Herzlichkeit von früher war ihr in meiner Gegenwart vollständig abhandengekommen. Schon bald begriff ich, dass sie glaubte, mich durch ihr Wissen in der Hand zu haben und zu dem zwingen zu können, was sie wollte. So sandte sie mich zu allen Geburten, bei denen mit Schwierigkeiten zu rechnen war, und zu Schwerkranken, für die es eigentlich keine Hoffnung mehr gab, und ließ sich meinen Ruhm von den Patienten bezahlen, egal ob ich erfolgreich war oder nicht. Auf diese Weise mehrte der Tempel seinen Reichtum. Meritre war es egal, ob die Leute das Verlangte an Gaben erübrigen konnten oder nicht. Ebenso war es ihr gleichgültig, welche Kraftanstrengung mich jede Heilung oder Hilfe kostete, ganz zu schweigen davon, dass meine Anfälle sich häuften. Allmahlich erschien mir ihre Gier unersättlich. Oft sprach ich mit meiner Sklavin Neith über das Verhalten der Oberpriesterin. Auch diese sah das Treiben Meritres kritisch, doch etwas gegen die Ausbeutung der Menschen durch die Oberpriesterin zu unternehmen, das wagte diese ebenso wenig wie die anderen Priesterinnen.

Mehrmals sprach Pentawer im Tempel vor und verlangte mich zu sehen. Jedes Mal ließ die Oberpriesterin den Prinzen durch eine Dienerin mit einer Ausrede abweisen. Schließlich fing er mich vor dem Tempel ab, als ich zu einem Krankenbesuch unterwegs war.

„Was ist geschehen, Anuket? Warum lässt du dich verleumden? Habe ich irgendetwas getan, was dich gekränkt hat? Ich verstehe es nicht."

„Ihr habt gewiss nichts falsch gemacht, mein Prinz. Doch die Oberpriesterin hat mir den weiteren Umgang mit Euch verboten. Sie meint, es sei für eine Priesterin der Isis unziemlich, sich wie eine billige Straßendirne zu benehmen. Und vielleicht hat sie damit sogar recht. Ich darf Euch nicht mehr sehen, mein Prinz. Das musste ich geloben."

„Es wird Zeit, dass die alte Fettel ihren Platz für eine würdigere und begnadetere Priesterin räumt. Den Menschen im Land geht ihr gieriges Wesen ohnehin zu weit. Bei meinem Vater mehren sich die Beschwerden über sie. Es dürfte ein Leichtes sein, meinen Vater davon zu überzeugen, dass die Oberpriesterin der Isis, einmal ins Reich des Osiris gegangen, von dir ersetzt werden sollte."

„Ich weiß nicht, ich glaube nicht, dass mich jemand berücksichtigen würde, mein Prinz. Gewiss würde keiner an mich denken, denn ich bin ein Niemand. Ich habe keinen Einfluss. Und vielleicht käme der Tempel mit einer neuen, noch gierigeren Oberpriesterin, die Pharao womöglich ernennen würde, noch mehr ins Gerede."

„Das glaube ich nicht, denn die neue Oberpriesterin würde Anuket heißen." Er lächelte mich verschmitzt an.

„Ich werde niemals Oberpriesterin. Ich habe keinen Namen, keine bedeutende Familie, keinen Reichtum, den ich dem Tempel zum Geschenk machen könnte. Nein, mein Prinz, mich will niemand auf diesem Platz sehen."

„Doch, Anuket. Ich will dich dort. Und du hast mehr als die anderen zu bieten. Du hast eine besondere Gabe, die du dem Tempel täglich schenkst. Dein Ruhm hat sich mittlerweile im ganzen Land verbreitet. Von überall her kommen die Menschen, um dir zu begegnen und durch dich den Segen der Göttin zu empfangen. Du bist die erste Wahl, und das wird auch Pharao einsehen müssen. Überall im Land herrscht Hunger, und schon bald könnte es zu Unruhen kommen. Was das Volk braucht, um nicht die Hoffnung zu verlieren, ist eine Frau, die den Göttern näher ist als andere Menschen. Wer käme da außer dir in Frage?"

Seine Gedankengänge machten mich sprachlos. Und sie hatten etwas in mir geweckt, was ich bisher nicht gekannt hatte – Ehrgeiz. Warum sollte ich nicht, eine auserkorene Tochter der Isis, ihren Tempel in Abydos führen? Diese merkwürdige Stimme tief in mir meldete sich bei diesem Gedanken deutlicher als je zuvor zu Wort – Sie geht dir doch schon lange auf die Nerven, diese Meritre. Sie unterdrückt und erpresst dich, nutzt deine Fähigkeiten für sich. Lass sie verschwinden und nimm ihren Platz ein. Du bist viel besser als sie. Und dann kennt außer Nefer auch niemand mehr dein Geheimnis. Geh kein Risiko ein, sondern beseitige sie, denn sonst wird sie dich, wenn sie merkt, dass sie fällt, mit in den Abgrund ziehen. Handle, Anuket! –

Entsetzt über derartige Gedanken meldete sich eine andere Stimme in mir – Das kannst du nicht tun. Du hast Meritre so viel zu verdanken. Verrate sie nicht! –

Zweifelnd schaute ich Pentawer an. „Warum ist Euch daran gelegen, dass ich die neue Oberpriesterin werde? Was versprecht Ihr Euch davon?"

„Gute Orakelsprüche, zum Beispiel. Ägypten braucht Hoffnung, damit es wieder zu sich findet. Es dürfen zu der Bedrohung von außen jetzt nicht auch noch Unruhen im Innern das Land zerreißen. Wenn du den Menschen sagst, dass alles gut wird, dass die Götter uns eine vorübergehende Prüfung auferlegt haben, die wir überwinden werden, dann werden sie dies glauben. Und ich will dich zurück, Anuket. In meinem Harem gibt es viele Frauen, aber keine ist wie du. Du bist für die Liebe geboren und nicht dafür, alt und vertrocknet zu sterben."

Ja- um noch einmal schwanger zu werden, dachte ich. Doch ich sprach es nicht aus. Niemand sollte von meinem Geheimnis erfahren. Zwei Mitwisser waren schon mehr als genug. Und ich wollte auch nie wieder in solch eine Verlegenheit kommen. Das hatte ich mir geschworen.

Lange nachdem Pentawer gegangen und ich von meinem Krankenbesuch zurückgekehrt war, saß ich grübelnd in meiner Kammer. Zwei widersprüchliche Gefühle stritten in mir. Das eine sagte mir, dass ich Meritre zu Dank verpflichtet sei und darum an ihr festhalten müsse. Das andere aber griff nach den Sternen und wollte sich von den Zwängen der Oberpriesterin befreien. Zwei Mächte stritten in mir und allmählich befürchtete ich, wahnsinnig zu werden. Vor allem aber fürchtete ich mich vor mir selbst und dem, zu dem ich mich fähig glaubte.

Vielleicht wäre alles ganz anders gekommen, wenn Meritre mich an diesem Abend nicht zu sich gerufen hätte, um mir bittere Vorwürfe zu machen, dass ich Pentawer wiedergesehen hatte. Sicher hatte uns jemand zusammen gesehen und nichts Eiligeres zu tun gehabt, als es der Oberpriesterin zu erzählen.

„Du bist mehr als undankbar, Anuket. Du bist unbelehrbar. Willst du noch einmal von ihm schwanger werden? Ist es das, was dich treibt? Noch einmal kannst du mit meiner Hilfe nicht rechnen. Sollte so etwas je wieder geschehen, lasse ich dich mit Schimpf und Schande aus dem Tempel jagen."

„Was hätte ich denn machen sollen? Er hat vor dem Tempel auf mich gewartet. Und er ist ein Prinz Ägyptens. Wie hätte ich es da wagen können, ihn einfach stehen zu lassen?"

„Erzähl mir nichts. Es war dir doch recht, dass er auf dich gewartet hat. Er ist hartnäckig, aber ich habe den längeren Atem. Er wird schon noch einsehen, dass du nichts für ihn bist. Du gehörst dem Tempel und nicht diesem ehrgeizigen Prinzen, der versucht, die natürliche Rangfolge der Thronerben auszuhebeln."

„Wie meinst du das?", fragte ich verblüfft.

„Nun, jeder weiß, dass dein Prinz Ambitionen hegt. Er möchte gern Thronfolger werden. Dies ist gewiss der Grund, warum er ständig mit dem Oberpriester des Seth zusammenhängt. Ich möchte nicht wissen, was die beiden für dunkle Pläne schmieden. Aber dich halte ich da raus. Du gehörst dem Tempel und niemandem sonst."

Nein, ich gehöre nur mir, dachte ich stumm. Und die eine Stimme in mir schrie plötzlich ganz laut: „Töte sie! Töte sie! Töte sie. Nur so kannst du frei sein."

Am liebsten hätte ich mir die Ohren zugehalten, um die Stimme nicht mehr zu hören. Doch sie war tief in mir, darum hätte auch das Ohrenzuhalten nichts genützt.

Und so schenkte ich in dieser Nacht der Stimme in mir Gehör und beschloss, Meritre zu töten. Niemand sollte in Zukunft mehr Macht über mich haben. Wie sehr ich mich doch irrte. Die wahre Abhängigkeit sollte erst durch diesen Gedanken geboren werden.

Es dauerte einige Tage, bis mein Plan Gestalt angenommen hatte. Ich entschied mich, mein Glück mit Mandragora zu versuchen, einer Pflanze, die im Tempel in ausreichendem Umfang vorhanden war, wurde sie doch regelmäßig zur Bewusstseinserweiterung verwendet, besonders für die Orakelprophezeiungen. In geringem Maß erweiterte sie tatsächlich die Sinne, in zu hohem Maß führte sie jedoch zu geistiger Umnachtung und Gedächtnisverlust. Täglich träufelte ich Meritre von dieser Droge etwas in ihren Wein, und schon bald zeigten sich erste Ausfallerscheinungen und Wahnvorstellungen. Diese steigerten sich allmählich, bis jedem im Tempel klar wurde, dass Meritre nicht mehr länger Herrin ihrer Sinne war. Die Oberpriesterin der Isis war verrückt geworden. Nun endlich holte ich zu meinem letzten Schlag aus und mischte ihr das Gift von zehn zerstoßenen Tollkirschen in den Wein, einer Pflanze, die ebenfalls in unserem Kräutersortiment zu finden war, ein absolut tödlicher Trank. Reste davon stellte ich der Oberpriesterin, nachdem sie getrunken hatte, in ihr Schlafgemach, sodass jeder glauben sollte, Meritre habe sich aufgrund ihrer nachlassenden Geisteskräfte selbst das Leben genommen. Und man glaubte es, hatte sich die Oberpriesterin der Isis in den letzten Wochen doch zunehmend auffällig benommen.

Meritre war tot. Die eine Stimme in mir schien zufrieden - Sie war böse. Du hast das Richtige getan. - Dafür klagte die andere Stimme in mir mich an – Was hast du getan? Wie konntest du? Du bist zur Mörderin geworden. Meritre war nicht schlecht. Es war ihre Aufgabe, den Ruhm der Göttin zu mehren. - Ich wusste bald selbst nicht mehr, was ich glauben sollte. Wenn doch nur diese Stimmen in mir endlich zum Schweigen kommen würden. Ich hielt es langsam nicht mehr aus. Tag und Nacht verfolgten sie mich, raubten mir Ruhe und Schlaf mit ihren unterschiedlichen Forderungen. Und niemandem konnte ich mich anvertrauen, niemand durfte von dem Riss in mir erfahren und noch viel weniger von dem, was ich getan hatte.

Doch ob ich es aussprach oder nicht, einer wusste, was ich getan hatte – Pentawer. Süffisant lächelte er mich an, während wir uns liebten, denn nun stand uns die Oberpriesterin der Isis nicht mehr im Weg. Und es dauerte auch nicht lange, bis allen im Tempel klar wurde, wer die neue Oberpriesterin der Göttin Isis werden würde – ich. Pentawer hielt sein Versprechen. Er sprach bei

Pharao so lange für mich vor, bis Pharao von der Richtigkeit, mich zur Oberpriesterin der Göttin zu machen, überzeugt war.

Neunzig Tage nach dem Tod Meritres fand ihre Beisetzung statt. Ihre Mumie wurde mit allen Gegenständen, die sie im Jenseits benötigen würde, in ihre Gruft gebracht, den Göttern vor ihrer Gruft ein Stier geopfert und der Oberpriester des Osiris vollzog an ihrer Mumie die Zeremonie der Mundöffnung. Danach wurde das Grab verschlossen und versiegelt.

Drei Tage nach dem Begräbnis traf im Tempel meine Ernennung zur Oberpriesterin der Göttin, gesiegelt von Pharao persönlich, ein. Damit hatte ich eine Machtposition erreicht, die ich niemals für möglich gehalten hätte. Und Pentawer traf mich nun ganz offiziell im Tempel und übernachtete ungeniert in meiner Kammer.

Die Feierlichkeiten zu meiner Ernennung folgten einem genau vorgeschriebenen Ritual. Die Nacht davor verbrachte ich allein, in Gebete versunken, vor dem Bildnis der Göttin. Niemand sollte meine stille Zwiesprache mit ihr stören. Demütig kniete ich vor ihrem Bildnis nieder, bat um Erleuchtung und Hilfe. Plötzlich begann ich deutlich das Zeichen auf meiner Schulter zu spüren. Mir war, als würde es sich in meine Haut brennen, mich als Betrügerin und Mörderin kennzeichnen. Und wo Isis Bild vor mir erscheinen sollte, sah ich plötzlich ihn, Seth, den Zerstörer, wie er mich unverhohlen angrinste. – Du gehörst jetzt mir. Die Göttin hat keine Macht mehr über dich. - Ein Schrei entrang sich meiner Kehle. Dann zog ein Krampfanfall mich in die Tiefen des Vergessens.

Als ich wieder zu mir kam, lag ich noch immer allein und verlassen auf dem kalten Steinboden des Tempels. Schauder schüttelten meinen ganzen Körper. Flehend schaute ich zum Bildnis der Isis empor. Doch nichts als Kälte strahlte auf mich zurück.

„Bitte, Isis, hilf mir. Lass mich zurück auf den rechten Weg finden. Gib mir Frieden und lass diese andere Stimme in mir verstummen. Ich ertrage diesen Zwiespalt nicht länger. Hilf mir aus meiner Not. Ich weiß sonst niemanden, der mir helfen könnte."

Doch das Bild der Göttin blieb stumm.

Als die auserwählten Priesterinnen der Göttin am Morgen kamen, um mich in meine neuen Gemächer zu geleiten, zu baden, zu salben und für die Feierlichkeiten anzukleiden, da ahnte ich, dass ich eine Verlorene war, hineingeraten in den nicht endenden Streit der Götter um die Vorherrschaft im Lande Kemt. Die zwei Seelen in meiner Brust würden an mir zerren, bis sie mich zerrissen hatten. Ich hatte Seth den Zutritt gewährt, indem ich aus Ehrgeiz und Eitelkeit zur Mörderin geworden war. Nun würde ich ihn nicht mehr abschütteln können.

Im Hof des Tempels brannten bereits die Opferfeuer, als ich ihn betrat. Unzählige hochrangige Adlige aus der Stadt Abydos, aber auch aus Theben und Pi-Ramses waren erschienen, um dem Ereignis beizuwohnen, darunter nicht nur Pentawer, dem ich die Ernennung zu verdanken hatte, sondern auch seine Mutter Teje, die Frau, der ich einst das Leben gerettet hatte. Und natürlich war auch mein Vater zugegen, der sich in diesem Augenblick nichts mehr wünschte, als dass meine Mutter Sita diesen Moment noch hätte miterleben können. Begleitet von Neith, die ich zu meiner Leibsklavin erhoben hatte, und Nutamun, meiner neuen Stellvertreterin, wurde ich durch den Hof in den Tempel zur Kammer der Isis geführt und erneut mit heiligem Öl gesalbt. Danach setzten meine beiden Begleiterinnen mir die Krone mit den zwei Hörner, der Uräusschlange und der goldenen Scheibe zwischen den beiden Hörnern auf den Kopf und legten mir die aus Federn gemachten Schwingen der Göttin an den Armen an, um mich so erneut vor das wartende Publikum in den Hof zu führen. Auf mein Erscheinen hin ertönte Musik und die versammelten Priester des Amun und Osiris stimmten zusammen mit den Priesterinnen der Isis eine heilige Hymne an, während den zur Opferung bereitgestellten Tieren, Ochsen, Ziegen und Schafen fast gleichzeitig die Kehle durchgeschnitten und ihr Blut in heiligen Gefäßen aufgefangen wurde.

Vorsichtig blickte ich mich um, denn die schwere Haube drückte auf meinen Kopf und schränkte dadurch meine Bewegungsfreiheit ein. Ganz hinten, in einer Ecke stehend, entdeckte ich ihn schließlich, Ramose. Ich hatte ihn seit unserer letzten Aussprache nicht mehr gesehen und zeitweise auch nicht mehr an ihn gedacht. Viel zu sehr war ich damit beschäftigt gewesen, Meritre aus dem Weg zu räumen, als dass ich Zeit gehabt hätte, an ihn zu denken. Nun traf mich sein Blick, und aus irgendeinem Grund fühlte ich mich doppelt schuldig. Deutlich spürte ich, dass sich zwischen den beiden unschuldigen jungen Menschen, die wir einst gewesen waren, inzwischen Welten auftaten. Jeder war seinen Weg gegangen. Und diese verschiedenen Wege führten in ganz entgegengesetzte Richtungen. Doch eins hatten sie gemeinsam. Beide hatten wir uns für Macht, Einfluss und Geld verkauft.

15.

Spät am Abend, lange nachdem ich mein Zeremoniengewand abgelegt hatte und das Festmahl noch in vollem Gang war, fand ich endlich Zeit, mich meinem Vater zu widmen. Als ich mich zu ihm auf eine neben ihm stehende Liege legte und eine Weile seine Gesichtszüge betrachtete, stellte ich entsetzt fest, wie alt und hinfällig er geworden war. Jetzt, im Alter, war er allein und auf sich gestellt. Niemand war ihm geblieben, der sich seiner annahm, mit dem er seine Sorgen teilen konnte. Denn dass ihn Sorgen quälten, das sah ich deutlich an seinen Gesichtszügen.

„Was ist mit dir, Vater? Sag mir, was dich bedrückt", forderte ich ihn auf.

„Was soll mich an einem Tag wie diesem bedrücken, Anuket? Meine Tochter ist heute zur Oberpriesterin der Isis geweiht worden. Was kann sich ein Vater mehr für seine Tochter wünschen?"

„Ach Vater!" Ein Seufzer entfuhr mir. „Ich kenne dich viel zu gut, um nicht zu wissen, dass eben nicht alles in Ordnung ist. Also sprich mit mir. Was betrübt dich."

Mein Vater seufzte ebenfalls. „Ach, Anuket. Ich bin alt und habe nicht mehr allzu lange zu leben. Aber trotzdem tut es mir weh, mit ansehen zu müssen, wie dieses Land, unser kostbares Ägypten, immer weiter auf einen Abgrund zusteuert."

„Wie meinst du das?", fragte ich überrascht.

„Die Tempel werden immer reicher, doch die Arbeiter, die an ihnen bauen, hungern. Die wahren Herrscher in Theben sind schon seit langem der Hohepriester des Amun, Bakenchons, und der Bürgermeister Thebens, Paser. Pharao war in den letzten Jahren auf zu vielen Kriegszügen, um wirklich mitzubekommen, was in Ägyptens Metropolen vor sich geht. Es braut sich etwas zusammen, Anuket. Die Arbeiter sind nicht länger willens, zu hungern, auf die ihnen zustehenden Lebensmittelrationen zu verzichten, während die Tempel sich mästen."

„Was willst du mir damit sagen?", fragte ich vorsichtig. „Du willst doch damit nicht andeuten, dass eine Verschwörung im Gange ist?"

„Verschwörung! Nein! So würde ich das nicht nennen. Aber wenn es so weiter geht, werden die Arbeiter ihre Arbeit niederlegen. Es gibt Rädelsführer, die dies schon lange fordern. Und irgendwo haben sie recht. Warum sollen sie und ihre Familien hungern, wenn eigentlich genug da wäre, um satt zu werden, würden die Tempel ihre Vorratsspeicher öffnen und die Menschen angemessen versorgen. All dies ist eine Entwicklung, die mir nicht gefällt. Und was macht Pharao. Er zieht wieder in den Krieg, diesmal gegen die Pelesets und Tjeker. Und der Kronprinz, der Pharaos Platz während seiner Abwesenheit einnimmt, Chaemwaset, ist zu schwach, um sich gegen die Machtzentren, die sich gebildet haben, durchzusetzen. Seine Mutter, unsere Königin Isettahemdjert, ist ihm da auch keine große Hilfe. Kein Wunder kann Prinz Pentawer gegen die beiden Stimmung machen. All das sind traurige Aussichten für die Zukunft."

Ich stutzte einen Augenblick. Was hatte mein Vater da über Pentawer gesagt? „Wie meinst du das, Pentawer macht Stimmung gegen den Kronprinzen?"

Mein Vater lächelte mild. „Was glaubst du wohl, was er und seine Mutter Teje wollen? Pentawer an die Stelle von Chaemwaset setzen. Vor allem Königin Teje soll von diesem Plan besessen sein. Ihr Sohn soll der Thronfolger werden. Und darum schaffen sie sich überall im Land Beziehungen. Sieh dich an, Anuket. Glaubst du wirklich, dass dein Liebhaber dich allein wegen deiner schönen Augen zur Oberpriesterin der Isis gemacht hat. Wohl kaum. Er und seine Mutter verfolgen damit nur ein Ziel – Pentawer soll Ramses Nachfolger werden. Dies können sie nur erreichen, wenn sie ausreichend Adlige, Tempel und hohe Beamte auf ihre Seite ziehen. Und wie geht das? Durch Korruption. Tejes Vater Ta, Wesir Pharaos, gibt Unsummen aus, um seinem Enkel die Thronfolge zu sichern. Und woher nimmt er das Gold? Nicht aus seinen Schatzkammern, sondern aus denen Pharaos. Dem wiederum fehlt dadurch und durch seine vielen Schenkungen das Gold, die Arbeiter zu bezahlen."

„Woher weißt du das alles?", fragte ich meinen Vater überrascht.

„Man schnappt hier und da etwas auf. Viel weiß ich auch von Ramose, der gelegentlich bei mir vorbeikommt und erzählt, was er im Tempel als zweiter Prophet des Seth so mitbekommt. Einer der

Drahtzieher in diesem Komplott ist wohl ganz offensichtlich Schai, der Oberpriester des Seth. Kein Wunder stecken Pentawer und er ständig zusammen. Du solltest aufpassen, mein Kind, dass du nicht in etwas hineingezogen wirst, das nicht gut ausgehen kann."

„Ramose kommt öfter bei dir vorbei?", fragte ich überrascht.

„Ja, und er fragt jedes Mal nach dir. Ihr hättet ein schönes Paar werden können. Aber die Götter haben es wohl anders entschieden. Ich habe lange versucht, deine Gabe zu unterdrücken, dir ein normales Leben zu ermöglichen. Ich wollte nie, dass du diesen Weg einschlägst. Doch es ist anders gekommen. Die Macht der Götter war stärker als mein Wunsch, dir ein ruhiges und beschauliches Leben zu schenken. Und nun kann ich dich nur bitten, dich in nichts verwickeln zu lassen, das nur tödlich enden kann. Pass auf dich auf, Anuket."

Ich nickte, um ihn zu beruhigen. „Das werde ich, Vater." Dabei wusste ich längst, dass es für ein Zurück zu spät war.

Als Pentawer in dieser Nacht das Bett mit mir teilte, empfand ich zum ersten Mal Widerwillen bei seinen Berührungen. Er hatte mich in eine Falle gelockt, und ich hatte mich locken lassen. Durch Meritres Tod, den ich aus Eitelkeit und Machthunger herbeigeführt hatte, war ich in eine Abhängigkeit geraten, aus der es keinen Ausweg gab. Seth hatte Isis im Zweikampf besiegt.

16.

Wie mein Vater es vorausgesagt hatte, kam es an einigen Baustellen im Land schon bald zu Unruhen. Es begann auf der Baustelle von Medinet Habu, dem Totentempel des Pharaos, und weitete sich bald auf andere Baustellen im Land aus. Sowohl in Abydos, Athribis, Heliopolis und Karnak legten hungrige Arbeiter ihre Arbeit nieder, ein Vorgang, den es bisher noch nie im Land Kemt gegeben hatte und der darum umso unvorstellbarer erschien. Wie konnten einfache Arbeiter es wagen, sich dem göttlichen Willen zu verweigern und den Göttern die Huldigung in Stein zu versagen? Doch der Hunger machte es möglich. Auch die Drohung, die Soldaten Pharaos zum Einsatz zu bringen und die Arbeiter so zu zwingen, an ihre Arbeit zurückzukehren, half nichts. Die Soldaten tatsächlich auf die Bevölkerung loszulassen, daran dachte der Kronprinz allerdings nicht wirklich, denn dies hätte unweigerlich zu einem Bürgerkrieg geführt.

Nach einigem hin und her blieb den Tempeln nichts anderes übrig, als die reich gefüllten Kornspeicher und Lagerhäuser zu öffnen und den Arbeitern ihren Lohn für geleistete Arbeit selbst zu zahlen, anstatt Pharaos leere Staatskasse weiter zu plündern. Doch unterschwellig rumorte es weiter im Land. Die Arbeiter waren zornig auf die Tempel, die ihren Reichtum horteten und die Bevölkerung in ihrer Not alleine ließen, die Tempel wiederum zürnten Pharao, weil er die Last der Bezahlung der Arbeiter auf sie abgewälzt hatte.

Und auch die aus dem Norden heimkehrende Armee murrte, weil die Kriegsbeute nicht ihren Vorstellungen entsprechend ausgefallen war und sie darum von Pharao Sold als Entschädigung verlangten. Kurzum, das Land Kemt glich einem brodelnden Hexenkessel.

Ungeachtet dessen setzte ich mein Verhältnis mit Prinz Pentawer fort, ohne dabei noch irgendwelche Rücksichten zu nehmen oder auch nur den Versuch zu unternehmen, dieses verborgen zu halten.

Eigentlich sollten die Isispriesterinnen in Keuschheit leben. Obwohl das noch nie der Wirklichkeit entsprochen hatte, hatte Meritre doch immer darauf geachtet, dass nichts von den Verstößen ihrer Priesterinnen gegen diese Regel an die Öffentlichkeit gelangte. Nun teilte ich ganz offiziell zuweilen mit dem Prinzen mein Bett und konnte, selbst ein schlechtes Beispiel gebend, kaum meine Mitschwestern wegen der gleichen Verfehlungen tadeln. Dies bewirkte einen allgemeinen Sittenverfall im Tempel der Isis, der mir die tadelnden Blicke der Oberpriester des Amun und Osiris einbrachte. Doch etwas zu sagen traute sich niemand, denn niemand wollte sich mit Prinz Pentawer oder gar dem Pharao anlegen.

Doch dies war eigentlich mein kleinstes Problem. In jenen Tagen begann ich mich vor dem allmonatlichen Orakel zu fürchten. Die Bilder, die ich in Trance in der heiligen Halle der Isis sah, erschreckten mich zutiefst und nahmen mich körperlich schwer mit, da die Anfälle, die ich regelmäßig nach einer Orakelsitzung erlitt, immer ausgeprägter und bedenklicher wurden. Und ich brauchte immer länger, um mich von ihnen zu erholen. Zuweilen fiel ich tagelang danach in einen tiefen Schlaf, aus dem mich keiner erwecken konnte. Zitternd wachte ich dann irgendwann auf und hatte das gleiche schreckliche Bild vor Augen wie in der heiligen Halle – ein Mann in fortgeschrittenem Alter lag umringt von acht Frauen mit durchgeschnittener Kehle und weit aufgerissenen, starren Augen, die Entsetzen und Ungläubigkeit zugleich ausdrückten, da -. Dieses Bild erschreckte und beunruhigte mich zutiefst. Doch ich konnte mir auf dieses Bild keinerlei Reim machen. Und so versuchte ich es zu verdrängen. Aber das wollte mir nicht mehr gelingen, denn spätestens am nächsten Orakeltag war es wieder präsent.

Nach einigem zeitlichen Abstand, den wir wohl beide gebraucht hatten, um die Vergangenheit zu überwinden, hatte ich meine gelegentlichen Treffen mit Ramose wieder aufgenommen. Gemeinsam saßen wir so wie früher im Schilf am Nil und schauten dem Treiben der Wellen zu, beobachteten Gänse und Enten und zuweilen entdeckten wir in der Ferne sogar ein Flusspferd oder Krokodil im Wasser. Lange und ausführlich sprachen wir über die Situation im Land, die brodelnde Unzufriedenheit der Menschen, die ständigen Kriege Pharaos im Norden, der einfach nicht zur Ruhe kommen wollte, den übermäßigen Reichtum der Tempel, denen zwischenzeitlich ein Drittel des Landes gehörten, und die zu einem

Staat im Staat geworden waren, und natürlich über Pharao und seinen Nachfolger.

„Dein Liebhaber macht zwischenzeitlich keinen Hehl mehr daraus, dass er der Horus im Nest werden und den rechtmäßigen Thronfolger Chaemwaset verdrängen will. Dabei schmückt er sich nicht selten mit seiner Beziehung zu dir, der Tochter der Isis, wie er dich nennt, und ihren außergewöhnlichen Fähigkeiten. Er nennt dich Zauberin und Magierin, der Isis ihre Kräfte leiht. Sei vorsichtig, Anuket, und lass dich nicht in seine Intrigen verwickeln. Schneller als du denkst kann sich sonst die Schlinge des Todes um deinen Hals legen."

„Ach Ramose, lass ihn reden. Es ist schon lange her, dass ich hinausgegangen bin und Menschen geheilt oder bei einer Geburt geholfen habe. Seit ich Oberpriesterin bin, habe ich mit derlei Tätigkeiten gar nichts mehr zu tun."

„Aber die Menschen vergessen das nicht und verehren dich als die Reinkarnation der Göttin Isis. Du beeindruckst noch immer, weit über die Grenzen von Abydos hinaus."

„Mag sein", antwortete ich leichthin. „Es ist mir gleichgültig. Ich habe im Augenblick ganz andere Sorgen. Ich kann nicht länger Priesterin des Orakels sein. Ich verkrafte das nicht mehr."

„Warum?", fragte Ramose mich überrascht. Ein kurzes Aufflammen hatte sich in seinen Augen gezeigt, das jedoch gleich wieder erloschen war.

„Am Anfang", begann ich stockend, „habe ich, ehrlich gesagt, nichts gesehen. Ein paar blühende Felder und, gewiss, Unruhen, Unzufriedenheit und

Krieg. Natürlich habe ich darüber nicht gesprochen, sondern immer alles in rosigen Farben geschildert. Unruhen, Unzufriedenheit und Kriege kamen auch so. Doch dann habe ich zum ersten Mal in meinem Leben in Trance jenen Mann mit durchgeschnittener Kehle gesehen. Auch dabei dachte ich mir nicht allzu viel. Alles war undeutlich und verschwommen, und eine Weile hatte ich dann wieder Ruhe vor diesen Bildern. Doch dann kamen sie wieder und wurden von Mal zu Mal deutlicher. Das Gesicht des Mannes nahm Gestalt an, das Umfeld, in dem er lag, wurde deutlich. Und nun verfolgt mich dieses Bild nicht nur in Trance, sondern kehrt jede Nacht zu mir zurück. Schweißgebadet wache ich auf und weiß plötzlich genau, dass dies in nicht allzu ferner Zukunft geschehen wird. Und ich weiß nicht, was ich tun soll, was ich überhaupt tun kann? Die Göttin sendet mir diese Bilder, um mich zu warnen. Doch ich habe keine Ahnung vor was. Ich weiß nur, dass ich mich inzwischen davor fürchte, überhaupt noch schlafen zu gehen, weil ich weiß, dass diese Bilder dann zu mir kommen werden und mir Angst und Schrecken einjagen. Was soll ich tun? Ich weiß es nicht."

Ramose starrte nachdenklich vor sich hin. Schließlich fragte er: „Kennst du den Mann, dem die Kehle durchgeschnitten wird? Hast du ihn schon einmal gesehen?"

„Nein", antwortete ich sicher. „Ich habe ihn noch nie gesehen. Aber das Bild ist so real. Ich weiß, dass es diesen Mann gibt und dass ihn ein schreckliches Schicksal erwartet."

„Nun, wenn du nicht einmal weißt, wer es ist, was sollst du da tun? Nichts! Warte ab. Vielleicht begegnet er dir irgendwann einmal. Dann würde das alles Sinn machen, und du kannst ihn warnen. Doch bis dahin kannst du gar nichts tun, Anuket, gar nichts. Vergiss es, und versuche, nicht mehr daran zu denken."

Ich nickte stumm. Doch ich war nicht überzeugt. Vielleicht sandte mir die Göttin diese Bilder ja, um das wiedergutzumachen, was ich an Meritre verbrochen hatte. Doch über diese Gedanken durfte ich mit Ramose nicht sprechen. Das musste für immer mein Geheimnis bleiben. Es reichte schon, dass Pentawer ahnte, was ich getan hatte.

Und der Prinz ahnte nicht nur, was ich getan hatte, sondern er begann auch zu fordern.

„Du siehst die Zustände im Land, Anuket. Es muss sich etwas ändern. Pharao ist nicht mehr der Jüngste. Und sein Sohn, der Kronprinz, ist unfähig, ein Land wie Ägypten in diesen Krisenzeiten zu regieren. Es braucht eine starke Hand, um alles wieder in den Griff zu bekommen. Du bist die Frau, die durch Isis' Orakel in die Zukunft blickt. Du musst sagen, dass die Götter einen anderen Thronfolger auserwählt haben. Auch die Sternendeuter im Hathortempel in Dendera haben hierfür bereits Anzeichen am Himmel gesehen. Es wird sich etwas Entscheidendes ändern. Nun brauche ich noch deine Prophezeiung, und Pharao wird allmählich nachzudenken beginnen."

„Und ich soll bekunden, dass es der Wille der Götter ist, dich zum Thronfolger zu bestimmen?"

„So deutlich sollst du das natürlich nicht sagen. Aber andeutungsweise entspricht es dem, was ich mir von dir wünsche. Die große Königsgemahlin ist eine Fremde, keine Ägypterin. Darum sind ihre Söhne auch keine reinrassigen Ägypter. Es würde schon reichen, wenn du sagst, dass die Götter keinen mit fremdem Blut auf dem Horusthron wünschen."

Ich lächelte süffisant. „Ist das der Preis für den Titel der Oberpriesterin der Isis von Abydos?", fragte ich schließlich. „Eine Bestechung des Orakels?"

Auch Pentawer lächelte nun verschlagen. „Du weißt, meine Schöne, alles hat seinen Preis. Und dieser Preis, den ich von dir fordere, erscheint mir sehr gering in Anbetracht dessen, was geschehen ist."

„Was ist denn geschehen?" begehrte ich unschuldig zu wissen.

„Nun, zum Beispiel einen mysteriösen Todesfall im Tempel der Isis, der nie wirklich untersucht wurde, weil ich dies untersagt habe. Das ist doch wohl diesen kleinen Gefallen wert? Findest du nicht?"

Ich nickte geschlagen. Wenn dieser kleine Gefallen das Einzige war, was er von mir verlangte, dann war ich billig davongekommen. Doch ich ahnte, dass dies nicht der Fall sein würde. Es war vielleicht der Beginn von einer Reihe von Verstrickungen, die kein Ende nehmen würden. Und was war mit meiner eigentlichen Vision? Wo fand sie in dem Geflecht von Fäden seinen Platz? Ich wusste es nicht.

„Wenn das alles ist, was ich für dich tun soll, mein Prinz, dann werde ich schon die entsprechenden Worte finden, die mir die Götter einflüstern. Ich hoffe, dass wir damit quitt sind."

„Selbstverständlich, meine schwarze Schönheit. Und nun möchte ich etwas ganz anderes von dir."

Seine Hände begannen kundig meine Leidenschaft zu entflammen, bis mein Körper danach schrie, sich mit ihm zu vereinigen. Danach lagen wir still nebeneinander, jeder in seine Gedanken verstrickt. Als er schließlich am Morgen ging, und ich mich bereit machte, meinen Dienst im Tempel in der Kammer der Göttin zu beginnen, indem ich zwei Isispriesterinnen wählte, die am heutigen Tag die Göttin waschen, salben, ankleiden und bewirten sollten, wusste ich genau, dass ich vor einem Abgrund stand und nur noch ein Schritt fehlte, um in die Tiefe zu stürzen. Eine Zeit lang hatte ich Ruhe verspürt, doch nun begannen die beiden Personen in meinem Innern sich erneut zu bekriegen. Die eine Stimme lehnte Pentawers Bitte vollständig ab und forderte die Wahrheit, die andere meinte hämisch, dass noch viel mehr getan werden müsse als nur das. In meiner Kammer sank ich nach getaner Arbeit erschöpft zu Boden und hielt mir die Ohren zu. Doch damit konnte ich die Stimmen nicht zum Schweigen bringen. Sie bekriegten sich weiter und zerrten mich hin und her, bis ich glaubte zu zerreißen.

17.

Auf Wunsch Pharaos stand dem Reich ein besonderer Festakt bevor. Zur Feier des Siegs Ägyptens über die Pelesets und Tjeker sollten in einem feierlichen Zug die Göttinnen Hathor und Isis auf dem Nil zu Amun in seinen Haupttempel nach Karnak reisen und dort gemeinsam von der Bevölkerung für ein paar Tage angebetet werden können.

Der Schrein der Göttin Hathor befand sich bereits auf der Nilbarke, als ich mit dem Schrein der Göttin Isis in einer feierlichen Prozession zum Nilufer aufbrach und meine Göttin neben der Göttin aus Dendera ihren Platz fand. Auf der Fahrt entlang des Nils winkte uns das Volk jubelnd zu, und ich konnte mich des Eindrucks nicht erwehren, dass das Volk seinen Glauben an die Götter Ägyptens nicht verloren hatte, wohl aber an die herrschende Oberschicht der Adligen und Priester, die für die Leiden der einfachen Menschen kein Ohr hatten.

Während ich nachdenklich in der Frühjahrssonne saß, deren Strahlen um diese Jahreszeit angenehm wärmten, und den Bauern beim Bestellen der Felder zusah, konnte ich mich des Gedankens nicht erwehren, dass dieses Land von den Göttern gesegnet war. Alles grünte und blühte. Wie konnte es da sein, dass so viele Menschen Not litten und hungerten? Dieses Land hatte für alle genug Nahrung zu bieten. Welche falsche Politik mochte hinter all dem Hunger stecken? Die Antwort hierauf sollte ich schon bald finden.

Als die Barken Theben erreichte, verschlug mir der Anblick dieser Stadt fast den Atem. Unweit vom Nilufer erhob sich der mächtige Luxortempel. Prächtig ragten seine Pylonen in die Höhe und kündeten von Macht und Reichtum Pharaos. Die Stadt selbst war ein Schmelztiegel von Völkern aller Herren Länder und der Markt ein bunter, reger Fleck, gefüllt mit Waren aus allen Teilen der Welt. Es gab alle Arten von Gemüse und Früchten, auserlesene Gewürze, Stoffe der verschiedensten Art, von hauchdünnen Luxusstoffen aus dem Norden des Landes bis zu feinsten Wollstoffen aus den Ländern zwischen Euphrat und Tigris, Weihrauch und Elfenbein aus Punt, Myrrhe und andere kostbare Duftstoffe, natürlich Gold aus Ägypten, sowie Silber- und Kupferwaren aus Byblos, Holz und Felle aus Nubien und Dinge aus Zedernholz aus dem Libanon. Kein Herzenswunsch blieb hier unerfüllt. Und selbstverständlich waren die Andenkenhändler nicht zu übersehen, die ihre Buden vor den Eingängen zum Tempel aufgeschlagen hatten und ihre glücksbringenden Amulette, aber auch Opfertiere für den Tempel feilboten.

Unsere feierliche Prozession zog sich durch die Straßen der Stadt hin bis zur breiten Widderallee, die direkt zum Tempel von Karnak führte. Durch die große Säulenhalle von Karnak tretend, die dem Betrachter durch ihre Größe und Höhe fast den Atem verschlug, endete die Prozession schließlich vor dem Heiligsten des Gottes Amun, dessen heilige Halle für vierzehn Tage auch die beiden Schreine der Göttinnen aufnehmen sollte.

Freudig wurden Ti, die Oberpriesterin der Hathor, und ich vom Oberpriester des Amun, Bakenchons, und dem Bürgermeister von Theben, Paser, empfangen. Die Schreine der Göttinnen wurden links und rechts neben Amun platziert und wir zu einem Festmahl im Tempel geladen.

Ti und mir wurden als Oberpriesterinnen Zimmer im Palast zugewiesen, während unsere Begleiterinnen Quartier im Tempel bezogen.

Das Festmahl dauerte bis spät in die Nacht. Als ich mich endlich in mein Gemach zurückziehen konnte, war ich so müde, dass ich sofort hätte einschlafen können. Zu meinem großen Erstaunen saß Pentawer auf meinem Bett und wartete auf mich.

„Du bist spät", stellte er angespannt fest. „Ich warte bereits seit Stunden auf dich."

„Was macht Ihr hier? Ich wusste nicht, dass Ihr in Theben seid."

„Ich bin angereist, als ich hörte, dass du hierherkommen würdest. Und auch Pharao wird in ein paar Tagen aus Pi-Ramses mit seinen Gemahlinnen und einigen Prinzen, darunter dem Kronprinzen, hier eintreffen, um die Siegesfeier im Tempel des Amun zu begehen und den Tempel wieder einmal mit reichen Geschenken zu überschütten. Auch die Tempel in Abydos und Dendera wird er diesmal bedenken. Ein perfekter Anlass, um das Orakel sprechen zu lassen, denke ich."

„Denkt Ihr? Wie sollte ich das unaufgefordert tun? Außerdem ist der Sitz des Orakels Abydos und nicht Theben."

„Pharao oder die große Königsgemahlin werden dich auffordern, deine prophetischen Fähigkeiten zum Einsatz zu bringen. Dafür werde ich schon sorgen. Und dann wäre es gut, wenn du auf die Thronfolge zu sprechen kämst. So beiläufig wie möglich natürlich. Niemand soll glauben, dass ich dich beeinflusst habe, noch soll etwas darin klar auf mich hinweisen. Überlege dir einen guten Satz. Das dürfte genügen. Wir müssen diesbezüglich besonders vorsichtig sein, da das Verhältnis der Oberpriesterin der Isis mit dem Prinzen in aller Munde ist. Selbst Pharao weiß davon und hat mich darum bereits gefragt, ob ich mich unserer Liebschaft wegen so für dich bei der Ernennung zur Oberpriesterin der Isis eingesetzt hätte. Zum Glück kam mir die große Königsgemahlin Isettahemdjert zu Hilfe, die von deinen außergewöhnlichen Fähigkeiten überzeugt ist."

Ich seufzte müde. „Lasst uns morgen weiterreden, mein Prinz. Ich bin müde und erschöpft von der Reise und dem Festmahl."

Enttäuscht verzog der Prinz den Mund. „Ich hatte mir vorgestellt, eine lange und aufregende Nacht mit dir zu verbringen."

„Lasst uns das auf morgen verschieben. Heute hätten wir wenig Freude aneinander. Vielleicht würde ich unter Euch gar einschlafen."

Einsichtig nickte Pentawer. „Dann bis morgen, meine schöne, schwarze Raubkatze. Und denk über das nach, was ich mir von dir wünsche."

Ich nickte und war froh, als sich die Tür hinter ihm schloss. Sogleich fiel ich in einen tiefen Schlaf, aus dem ich mit einem lauten Schrei erwachte. Wieder hatte ich den Mann mit der durchgeschnittenen Kehle vor mir gesehen, so deutlich wie noch nie, um ihn herum acht Frauen, die seinen Todeskampf beobachteten. Keine kam ihm zu Hilfe.

18.

Der Einzug Pharaos in Theben gestaltete sich prächtig. Als seine Barke am Mittag im Hafen von Theben anlegte und Pharao auf einem thronähnlichen Stuhl vom Nil in den Palast getragen wurde, gefolgt von seinen in geschlossenen Sänften sitzenden Gemahlinnen und den beiden Prinzen Chaemwaset und Amunherchepeschef, brach das Volk in Hochrufe aus. Noch immer hatte die Person des Pharaos etwas Heiliges an sich. Nach wie vor verkörperte er die Verbindung zwischen den Menschen und den Göttern, galt Pharao doch als zum Menschen gewordener Gott. Für einige Tage waren Hunger und Not der Bevölkerung vergessen, denn der Gott hatte sich aus Pi-Ramses persönlich zu ihnen begeben. Nun würden die Missstände endlich beseitigt werden. Dies waren die Hoffnungen der Menschen.

Im Palast angekommen, ließ Pharao sogleich alles dafür vorbereiten, am nächsten Morgen seinen Totentempel Medinet Habu aufzusuchen, um dort selbst die Baufortschritte zu begutachten. Danach ließ er sich zu einem ausgiebigen Festmahl mit einigen einflussreichen Adligen Thebens und seinen Söhnen nieder, während seine Gemahlinnen erschöpft in ihren Gemächern speisten, froh darüber, der Etikette an diesem Abend entkommen zu sein.

Für den nächsten Tag war von Pharao ein Besuch des Tempelkomplexes von Karnak vorgesehen, zu dem auch die große Königsgemahlin

Isettahemdjert und der Thronfolger Chaemwaset erscheinen würden. Gemeinsam spazierten sie durch den von Pharao errichteten großen Festsaal, der von übergroßen Statuen Ramses III. geschmückt wurde, und die sich anschließende große Säulenhalle, besuchten die Schreine von Mut, der Gemahlin Amuns, und Chons, des Sohns des Gottes, sowie Amuns Heiligtum selbst, dem Isis und Hathor zu dieser Stunde Gesellschaft leisteten. Am heiligen See verweilten sie gemeinsam einige Augenblicke, um die Schönheit dieser Tempelanlage in ihrem ganzen Ausmaß zu erfassen und das Gänsegehege zu begutachten, in dem die heiligen Tiere des Gottes gehalten wurden, um dann in den Palast zurückzukehren, wo Pharao für die nächsten Tage umfangreiche Opferfeierlichkeiten für die Götter ankündigte.

„Ich habe es mit Hilfe der großen Königsgemahlin, die große Stücke auf dich hält, geschafft, Anuket. Wir haben Pharao dazu überredet, dass du während der Feierlichkeiten deine Orakelfähigkeiten unter Beweis stellen darfst. Übermorgen sollst du im Allerheiligsten von Amun, in dem zurzeit ja auch Isis und Hathor verweilen, in Trance versetzt werden. Du sollst die Nacht im Tempel verbringen und den Willen der Götter erkunden. Dies ist die Gelegenheit auf die Thronfolge hinzuweisen."

„Wäre das nicht allzu auffällig?", warf ich ein.

„Nicht, wenn du deine Prophezeiung geschickt verpackst. Sie muss deutlich und doch unverfänglich sein."

Unwillig schüttelte ich den Kopf. „Warum habt Ihr Euch eigentlich in den Kopf gesetzt, Pharao zu werden? Als Prinz von Ägypten habt Ihr doch ein gutes und leichtes Leben, ohne die Verantwortung für dieses Reich in diesen schwierigen Zeiten zu tragen. Ich beneide den Thronfolger nicht ob der Aufgaben, die einmal auf ihn warten."

Pentawer seufzte. „Ich bin gar nicht so versessen darauf, Thronfolger zu werden, wie du vielleicht glaubst, meine schöne Zauberin. Meine Mutter drängt mich dazu. Und hinter ihr steht mein Großvater, der Wesir des Südens, Ta, der nicht nur machtbesessen ist, sondern auch erfüllt von dem Stolz, ein reinrassiger Ägypter zu sein und es nicht ertragen kann, den Sohn einer Fremden einmal auf dem Horusthron zu sehen. Die Vorfahren der großen Königsgemahlin haben akkadische Wurzeln, musst du wissen, während meine Mutter mütterlicherseits sogar Pharaonenblut in sich hat. Das zeichnet mich nach Meinung meines Großvaters weit mehr für die Herrschaft über Kemt aus als den jetzigen Thronfolger."

Ich schüttelte bedauernd den Kopf. „Oft ist es der Ehrgeiz und die Überheblichkeit anderer, die einen selbst den Kopf kosten wird. Ich bitte Euch, überlegt gut, was Ihr tut, und lasst Euch nicht zum Objekt fremder Begierden machen, mein Prinz."

„Keine Angst, mein schwarzer Panther. Ich kann schon auf mich aufpassen. Und es ist ja auch nichts Schlimmes, was meine Familie und ich wollen. Niemand soll zu Schaden kommen. Einzig der Thronfolger soll ein anderer sein."

„Nun, wenn Ihr davon überzeugt seid. Ich jedenfalls glaube nicht, dass sich so etwas ohne Blutvergießen erledigen lässt."

Damit war das Thema für den Abend beendet, und wir gingen zu dem angenehmeren Teil des Abends über. Lange und innig liebten wir uns, bis Pentawer in den frühen Morgenstunden in sein eigenes Schlafgemach zurückkehrte, um die oberste Priesterin der Isis nicht noch offensichtlicher bloßzustellen.

Ti und ich verbrachten die nächsten beiden Tage gemeinsam im Tempel, suchten die etwas unscheinbaren Schreine von Maat, Ipet, Month und Ptah auf, um zu opfern und uns auf den eigentlichen Festakt zu Ehren der Götter vorzubereiten.

Am Abend vor dem Festakt wurde ich in die mit Fackeln erleuchtete Kammer des Amun geführt, wo auch die Statuen von Isis und Hathor auf mich warteten. Im vollem Ornat der Oberpriesterin der Isis leerte ich den berauschenden Becher und nahm dann auf einem Schemel vor der Schale mit den berauschenden Dämpfen Platz. Die Tür zum Allerheiligsten wurde von außen versperrt, und ich harrte der Dinge, die nun kommen würden. Eine ganze Weile geschah gar nichts. Ich saß da und starrte angestrengt vor mich hin, überlegend, wie ich Pentawers Botschaft angemessen verpackt hinüberbringen könnte.

Allmählich wurde ich müde und die Luft in meiner Lunge wurde knapp. Ein leichter Schwindel erfasste mich, und dann sah ich deutlicher als je zuvor die Szene vor mir, die mich bereits die ganze Zeit plagte. Ein mir unbekannter Mann betrat offensichtlich seinen Harem, in dem acht seiner Frauen ihn strahlend empfingen. Er ließ sich müde auf einem Diwan nieder, die Frauen bedienten ihn mit Wein und Früchten und einige von ihnen knieten ergeben vor seiner Liege nieder. Schließlich trat eine von ihnen hinter den Mann, um ihm den verspannten Nacken zu massieren. Ganz plötzlich zog diese aus ihrem Gewand ein Messer hervor und schlitzte dem Ahnungslosen von hinten die Kehle auf. Entsetzt fuhr sich der Mann mit der Hand zum Hals, wo das Blut in einem flutartigen Schwall aus seiner Kehle schoss. Das schaurige Bild endete damit, dass die Frauen seelenruhig darauf warteten, dass ihr Opfer starb.

Ein entsetzter Schrei entrang sich meiner Kehle. Kurz darauf erlöste ein Krampfanfall mit anschließender Ohnmacht mich von den Bildern des Grauens.

Als ich wieder zu mir kam, lag ich auf meinem Bett im Palast. Besorgt schauten ein paar Diener auf mich herab.

„Wie lange habe ich geschlafen?", fragte ich verwirrt.

„Mehr als zwei Tage", lautete die Antwort einer Dienerin. „Ich gehe, um den Prinzen darüber zu informieren, dass Ihr aufgewacht seid. Der Prinz macht sich ernsthaft Sorgen um Euch. Als man Euch aus dem Tempel trug, wart Ihr von Sinnen. Immer wieder habt Ihr laut und entsetzt geschrien. Ihr müsst Fürchterliches in Eurer Vision gesehen haben."

Ich antwortete nicht, versuchte stattdessen, mich zu erinnern. Und da war es wieder, jenes Bild, welches das blanke Entsetzen in mir hervorrief, jener Mann in fortgeschrittenem Alter, dem vor meinen Augen die Kehle durchschnitten worden war. Was sollte diese Szene mir sagen. Waren diese Bilder ein Trugschluss meiner Fantasie oder würde dergleichen tatsächlich geschehen, und die Bilder wurden mir als Warnung gesandt. Selbst wenn Letzteres zutraf, was sollte ich tun? Ich kannte den Mann nicht, und selbst wenn ich ihn kennen würde, wollten die Götter überhaupt, dass ich mich in dieses Geschehen einmischte? Da waren sie plötzlich wieder, die beiden Stimmen in meinem Innern, die sich heftig widersprachen. Isis, die mich mahnte, ein Verbrechen zu verhindern, und Seth, der mich aufforderte, einfach wegzuschauen und geschehen zu lassen, was geschehen sollte. Mein Kopf drohte vor lauter hin und her zu platzen.

Zerrissen von diesem innerlichen Zwiespalt stand plötzlich Pentawer vor mir. „Ich habe mir wirklich Sorgen um dich gemacht. Einen so heftigen Anfall habe ich noch nie erlebt. Du warst völlig von Sinnen, hast wild um dich geschlagen und immer wieder geschrien. Fast habe selbst ich Angst vor dir bekommen. Was hast du gesehen, Anuket?"

Mit einem Wink schickte Pentawer die Diener hinaus.

Ein Seufzer entrang sich meiner Kehle, die sich völlig ausgedörrt anfühlte. Sollte ich mich ihm anvertrauen? Eine innere Stimme riet mir davon ab, doch die andere Stimme in mir drängte mich dazu, mit ihm über meine Vision zu sprechen. Außer mit Ramose hatte ich noch mit niemandem über diese Bilder des Grauens geredet.

„Es ist immer das gleiche Geschehen", entschloss ich mich schließlich dazu, mich ihm anzuvertrauen. Ich musste mit jemandem darüber sprechen, eine Meinung einholen, ob ich mir das alles nur einbildete oder ob es einen realen Hintergrund geben könnte. Und Ramose, dem ich mich vorbehaltlos geöffnet hätte, war nicht zur Stelle. „Ich sehe immer wieder einen Mann umgeben von acht seiner Frauen. Während sieben ihn ablenken, schneidet die achte ihm von hinten die Kehle durch. Dann schauen alle acht zu, wie der Mann stirbt. Am Anfang kamen diese Bilder noch verschwommen. Doch mit der Zeit wurden sie immer realer. Inzwischen ist alles so deutlich zu sehen, als ob ich unmittelbar dabei wäre."

Pentawer schaute mich erst sichtlich verwirrt, dann nachdenklich an.

„Was soll ich tun?", fragte ich. „Ich weiß nicht, ob all dies einmal real wird oder nur einem Alptraum entspringt. Ich weiß eigentlich gar nichts mehr. In mir ruft eine Stimme, ich müsste warnen, während eine andere mich zum Schweigen drängt. Mein Prinz, ich weiß einfach nicht mehr weiter."

Pentawer nickte grübelnd.

„Wie sieht der Mann aus, den du siehst? Ist es immer der gleiche Mann?"

„Ja, es ist immer der gleiche Mann. Zu Beginn der Bilder habe ich ihn nur undeutlich gesehen. Doch mit der Zeit ist sein Bild vor meinem inneren Auge immer schärfer geworden. Er ist in fortgeschrittenem Alter, aber noch immer kräftig gebaut und vital. Sein Gesicht, nun, wie soll ich das beschreiben? Er sieht auf jeden Fall gepflegt aus und ist stark geschminkt. Auf seiner linken Schulter hat er eine dicke, wulstige Narbe, wohl eine Kriegsverletzung. Mehr kann ich dir nicht sagen. Was soll ich nun tun, mein Prinz?"

„Nichts", antwortete Pentawer mir nach einigem Zögern. „Was willst du sagen? Du kennst den Mann nicht. Vielleicht gibt es ihn gar nicht, und er entspringt deiner Fantasie. Schweig einfach, das ist für alle besser."

Zweifelnd schaute ich meinen Liebhaber an. „Und wenn es ihn doch gibt, und die Göttin will ihn durch mich warnen?"

„Dann wird die Göttin dir zur rechten Zeit ein Zeichen senden. Davon bin ich überzeugt."

Damit war für Pentawer das Thema abgeschlossen. Doch ich konnte das Gesehene nicht so leicht beiseiteschieben, dazu war alles viel zu real gewesen.

„Pharao hat dich für morgen Abend zum Festmahl geladen, um dich zu deiner Vision zu befragen. Den eigentlichen Festakt im Tempel zu Ehren der Götter hast du durch deinen Anfall verschlafen. Aber das ist nicht weiter schlimm. Pharao ist gespannt, was du ihm berichten wirst, schließlich hast du immer wieder laut und entsetzt geschrien, als sie dich bewusstlos aus dem Tempel trugen. Ich hoffe, du hast dir etwas zu dem überlegt, was wir besprochen haben. Eine bessere Gelegenheit für eine Korrektur der Thronfolge kann es nicht geben."

Ich nickte stumm. „Ich werde schon die richtigen Worte finden. Und jetzt lasst mich bitte allein. Ich fühle mich nicht wohl und sollte morgen Abend die richtigen Worte finden. Also brauche ich Ruhe, um mich zu sammeln."

Entgegen meinen Befürchtungen nickte Pentawer und erhob sich, um mich allein zu lassen. Irgendwie schien ihm mein Wunsch sogar recht zu sein, denn er hatte es plötzlich eilig. Und so verabschiedeten wir uns.

„Ich werde dich morgen Abend abholen und zum Bankett begleiten. Erhol dich bis dahin, meine schwarze Raubkatze."

Damit verließ er mich, und ich schaute ihm lange und nachdenklich hinterher. Wie sehr vermisste ich in diesem Augenblick Ramose, der mir sicher besser geholfen hätte als der Prinz.

19.

Wie besprochen erschien Pentawer pünktlich in meinen Gemächern, um mich zum Bankett Pharaos zu begleiten. Er sah prächtig aus, mein Prinz. Der Lendenschurz war aus feinstem Leinen und mehrfach vorne säuberlich in Falten gelegt. Ein breiter Goldgürtel zierte seine Hüften. Um den Hals trug er ein breites goldenes Pektoral und auf dem Kopf eine schwarze Perücke, die von einem goldenen Reif geschmückt wurde. Seine Arme waren mit breiten Goldreifen verziert und die Sandalen aus feinstem Leder, wahrlich ein respekteinflößender Anblick.

Auch ich hatte mich für das Mahl mit Pharao herrichten lassen. Im Gewand der Oberpriesterin der Isis brauchte ich mich vor niemandem verstecken. Mein langes, schmal geschnittenes Goldgewand hob das dunkle Braun meiner Haut besonders hervor. Auf meinem Kopf trug ich die Isiskrone mit den zwei Hörnern, der Uräusschlange und der dazwischen befindlichen Sonnenscheibe. Zwei lange, wie Flügel geschnittene Ärmel zierten meine Arme, das menschlich gewordene Ebenbild der Göttin. Auch ich war sorgfältig geschminkt und meine Haut mit Goldstaub gepudert. Gewiss machte ich meiner Göttin in diesem Aufzug keine Schande.

Im Bankettsaal angekommen führte ein Diener uns zu unseren Plätzen, die nicht weit vom erhöhten Platz Pharaos und seiner Gemahlinnen entfernt waren. Pharao war noch nicht erschienen, dennoch klopfte mir bereits jetzt das Herz bis zum

Hals. Ich sollte Pharao begegnen. Noch vor wenigen Jahren hätte ich dies niemals für möglich gehalten. Was sollte ich nur sagen, wenn Pharao mich nach meiner Vision im Tempel befragte. Noch immer war ich mir darüber nicht schlüssig.

Pentawer lächelte mir aufmunternd zu, darauf vertrauend, dass ich die richtigen Worte finden würde, um seinem in seinen Augen rechtmäßigen Begehren nach dem Horusthron ein Fundament zu geben. Doch noch immer war ich mir nicht sicher, was ich diesbezüglich prophezeien sollte.

Als der Palastherold schließlich das Erscheinen Pharaos und seiner beiden Gemahlinnen Isettahemdjert und Teje verkündete, sank jeder der Anwesenden auf die Knie, um dem Einen Respekt zu zollen.

Als ich mich schließlich erhob und nach vorne blickte, glaubte ich, mir würde der Boden unter den Füßen weggezogen werden. Dort vorne saß, angeregt mit seiner großen Königsgemahlin plaudernd, der Mann, dessen Tod ich immer und immer wieder hatte mit ansehen müssen. Mir schwindelte, und kurz darauf erlöste mich ein Anfall von meinem Schreck.

Als ich wieder zu mir kam, lag ich im Bett meines Gemachs. Einige Dienerinnen waren anwesend, die sich offensichtlich um mein Wohlergehen sorgen sollten.

„Sie ist aufgewacht", stellte eine von ihnen fest, zu mir herunterblickend. „Wie geht es Euch, Oberpriesterin? Ihr habt allen einen schönen Schreck eingejagt. Ich werde jemanden zu Prinz Pentawer senden und ihm mitteilen lassen, dass Ihr aufgewacht seid. Er wird dann sicher gleich zu Euch eilen, Hohepriesterin."

„Das hat keine Eile", hielt ich die Dienerin zurück. „Mir ist noch immer nicht gut. Ich brauche noch eine Weile, um zu mir zu kommen."

„Wie Ihr wünscht."

In Wahrheit ging es mir zwar wieder gut, doch ich brauchte Zeit, um mich zu sammeln und das Bild Pharaos mit meinen Visionen abzugleichen.

Nach langem Grübeln kam ich zu dem Schluss, dass das alles kein Zufall sein konnte. Entweder wollte die Göttin vor einem Attentat auf Pharao warnen und es so verhindern, oder aber, und das schien mir wahrscheinlicher, sie wollte mich wissen lassen, was geschehen würde, und ich sollte jemand anderen warnen, sich rechtzeitig in Sicherheit zu bringen. Das Attentat, so wie ich es immer wieder im Traum gesehen hatte, schien mir unausweichlich, und der Tod Pharaos war darin bereits vollzogen. War sein Schicksal von den Göttern besiegelt? Doch wozu ließ die Göttin mich dies dann wissen?

Ich erinnerte mich plötzlich wieder genau an die Geburt Pentawers und dass ich schon damals das Gefühl gehabt hatte, dass Isis diese Geburt nicht guthieß und Mutter und Sohn lieber Osiris überantwortet hätte. Das war lange her. Dennoch ließ mich diese Erinnerung plötzlich erschaudern. Und dann war er wieder in mir, Seth, der Zerstörer. Damals hatte er die Oberhand behalten, hatte seinen Willen durchgesetzt. Mutter und Kind hatten die Geburt überlebt. Und was wollte er jetzt von mir? Ich hörte in mich hinein und wusste es. Er wollte mich zur Untätigkeit verdammen. Ich sollte einfach wegschauen und geschehen lassen, was geschehen sollte. Doch konnte ich das?

Überwältigt von meinen Erkenntnissen schlief ich wieder ein. Doch der Schlaf schenkte mir keine Erlösung, denn ich hatte wieder den gleichen Traum, nur diesmal sah ich nicht nur Pharaos Antlitz deutlich vor mir, sondern auch das Gesicht der Frau, die die Verschwörung gegen den Herrscher anführte. Es war Königin Teje. Aber war sie nicht auch nur ein Spielstein im Ränkespiel irgendeines machtbesessenen Mannes im Hintergrund, ebenso wie Pentawer?

Schreiend erwachte ich. Kalter Angstschweiß stand auf meiner Stirn. Wo war ich da nur hineingeraten, und wo sollte das enden? Ich wusste es nicht. Ich wünschte mich nur weit fort von diesem verfluchten Ort, in dem das Unheil seine Flügel auszubreiten begann.

Zitternd stand ich auf und setzte mich auf die vom Sonnenlicht beschienene Fensterbank, die den Blick auf einen Garten gewährte, in dem die Blumen in voller Blüte standen und Springbrunnen leise vor sich hinplätscherten. Alles wirkte so friedlich und schön. Ich versuchte meine Gedanken zu ordnen, doch so richtig wollte mir das nicht gelingen. Auf Pharao war ein Attentat geplant, welches vermutlich auch gelingen würde. So viel stand für mich fest. Doch um die Macht zu übernehmen und Pentawer zum neuen Pharao zu machen, mussten auch die große Königsgemahlin Isettahemdjert und deren Söhne Chaemwaset und Amunherchepeschef beseitigt werden, die in der

Thronfolge vor Pentawer kamen. Sollte ich diese warnen? Wieder kamen zwei Wesen in mir zum Vorschein und stritten. Allmählich hatte ich das Gefühl, dass nicht mehr allzu viel fehlte, um vollständig den Verstand zu verlieren. Ich wusste nicht mehr, was ich tun und lassen sollte. Wenn nur Ramose hier wäre. Er hätte gewiss Rat gewusst.

Lange starrte ich abwesend vor mich hin. Doch das brachte mir keine Erleuchtung. Schließlich beschloss ich, mich erneut in den Tempel zur Statue meiner Göttin bringen zu lassen. Ins Gebet versunken saß ich Stunde um Stunde vor ihrem Abbild. Doch die Göttin schwieg, verschloss ihre Wünsche vor mir. Dafür aber sprach Seth zu mir, forderte mich auf, einfach gar nichts zu tun und so schnell wie möglich nach Abydos zurückzukehren. Letztendlich war ich nach Stunden der Andacht nicht schlauer als zuvor.

Als Pentawer mich Stunden später in meinem Gemach aufsuchte, nagten noch immer Fragen und Zweifel an meinem Gemüt. Wusste er von den Plänen seiner Mutter? Hatte er nur meine Gesellschaft gesucht, um mich für seine Pläne zu benutzen? Doch wie sollte ich dies herausbekommen? Schließlich beschloss ich, ihn mit meinen Visionen zu konfrontieren.

„Pharao will wissen, was ich im Tempel gesehen habe?", fragte ich ihn.

Er nickte zustimmend.

„Ich will es Euch verraten. Ich habe das gleiche gesehen, wie schon seit Wochen vorher, nur viel intensiver und deutlicher als bisher. Pharao wird in seinem Harem ermordet werden, und zwar von einer seiner Frauen und ein paar ihrer Vertrauten. Kennt Ihr die Pläne für dieses Attentat? Hat Euch jemand eingeweiht? Was geht hier vor?"

Entgeistert starrte Pentawer mich an.

„Was redest du da? Niemand wird Pharao ermorden. Das würde niemand wagen. Die Person Pharaos ist unantastbar."

„So denken offenbar nicht alle. Diese Vision plagt mich seit langem, nur habe ich nie gewusst, wer der Mann ist, der ermordet werden soll. Doch gestern, als ich Pharao sah, ist es mir klar geworden, was meine Träume bedeuten. Den schlimmsten Frevel überhaupt."

Noch immer schüttelte Pentawer entsetzt den Kopf. „So weit würden selbst meine Mutter und mein Großvater und deren Verbündete nicht gehen."

„Wenn Ihr meint", antwortete ich nüchtern. „Dann entspringt all dies nur meiner Fantasie. Komisch, dass diese Fantasie seit gestern einen Namen und ein Gesicht hat – Pharao Ramses III."

„Du musst dich irren, Anuket. Deine Fantasie hat dir einen Streich gespielt."

„Ihr müsst es wissen. Nun, dann erzählt Pharao eben irgendetwas, was ich gesehen habe. Mir ist es gleichgültig. Ich möchte nur eins, ich möchte so schnell wie möglich von hier weg, zurück nach Abydos. Überall hier riecht es nach Verrat und Hinterhalt. Das ist nicht meine Welt."

„Du meinst, du willst Pharao nichts von deinen Visionen erzählen, ihn nicht warnen?"

„Warum sollte ich das tun? Das Schicksal wird seinen Lauf nehmen. Davon bin ich überzeugt. Ich habe Pharao tot gesehen, mit durchschnittener Kehle. Genauso wird es kommen. Daran kann vermutlich keiner von uns etwas ändern. Also werde ich schweigen, denn mit derlei Dingen will ich nichts zu tun haben", sagte ich fest. Doch überzeugt war ich davon nicht. Hatte vielleicht doch die Göttin Isis mir diese Bilder geschickt, um zu warnen und den Frevel zu verhindern? Doch die andere Stimme in mir schalt mich eine Närrin, wenn ich mich in das verstricken ließ, was kommen würde. Am Ende würde man mir noch eine Mitschuld anlasten. Nein, ich wollte mit diesen Dingen wirklich nichts zu tun haben. „Sagt Pharao, dass ich mich weiterhin unwohl fühle, der Anfall, stärker als sonst, mich noch immer geschwächt hat und ich daher noch einige Tage das Bett hüten muss. Sagt ihm, dass die Göttin Isis, Magierin und Zauberin, ihn vor den Umtrieben im eigenen Haus warnt, vor Seth, dem Zerstörer, der nach seinem Stamm greift, vor den fremden Wurzeln in seinem Haus, die nach mehr streben. Das ist alles. Damit ist vieles und doch wieder nichts gesagt. Wie Ihr es wolltet, mein Prinz."

Pentawer lächelte. „Du bist unglaublich, Anuket. Du sagst damit nicht einmal die Unwahrheit, sondern kleidest sie nur in ein vernebeltes Gewand."

„Und Ihr, mein Prinz, hütet Euch vor Verrat. Das würde kein gutes Ende nehmen. Haltet Euch aus den Umtrieben Eures Großvaters und Eurer Mutter heraus, was auch immer sie planen."

„Nichts weiter als die Änderung der Thronfolge, Anuket. Sie wollen mich zum Horus im Nest machen und den Kronprinzen absetzen. Das schwöre ich dir."

Doch ich glaubte ihm nicht. Ich war mir sicher, dass es bereits einen anderen Plan gab, sollte Pharao bei der Thronfolge nicht einlenken. Und dass er dies nicht tun würde, darüber waren sich alle Beteiligten ebenfalls im Klaren.

Ich ahnte, dass Pentawer von meinen Visionen, die ich ihm ins Gesicht gesagt hatte, schon bald seiner Mutter berichten würde. Hatte ich einen Fehler begangen, ihm von meinen Traumbildern wahrheitsgemäß zu erzählen? Ich hatte ihn durch meine Ehrlichkeit warnen wollen, denn mir lag daran, ihn vor Unheil zu bewahren. Doch ob mir das gelingen würde, daran zweifelte ich. Jedenfalls war mir klar, dass ich Theben so schnell wie möglich den Rücken kehren sollte, denn ich wusste, dass ich mich durch meine Visionen in Gefahr gebracht hatte. Wer immer der Urheber des geplanten Attentats auf Pharao war, er würde sich sicher jedes Mitwissers entledigen wollen. Nur fern von Pharao und seinem Hof war ich in Sicherheit.

So ließ ich meine Bitte um Entlassung vom Hof wegen anhaltender Krankheit durch Pentawer übermitteln und reiste zwei Tage später mit meiner Göttin nach Abydos zurück.

20.

Doch der Zwiespalt in meinem Innern war damit nicht verschwunden. Im Gegenteil. Zwei Giganten stritten in mir, fochten einen Kampf gegeneinander, von dem ich immer weniger wusste, wie er enden würde. Jeder, Isis und Seth, die verfeindeten Geschwister, wollte mich ganz für sich gewinnen und dadurch zerrissen sie mich immer mehr.

Ich brauchte jemanden, dem ich mich öffnen konnte, dem ich von meiner Zerrissenheit berichten konnte und einen Rat erhoffen durfte. Meine Priesterinnen, deren Führerin ich war, wagte ich unmöglich ins Vertrauen zu ziehen, sollte ich ihnen doch ein Vorbild sein, das immer wusste, was zu tun war. Mein Vater war inzwischen alt und weltfremd geworden. Er freute sich, mich zu sehen, doch so wie früher mit ihm über die Lage im Land zu sprechen, das kam nicht mehr in Frage, da sein Bild von unserem Land in der Vergangenheit hängen geblieben war. Die Gegenwart interessierte ihn nicht mehr, er lebte, wie viele alte Menschen, ausschließlich in der alten Zeit, die im Nachhinein nur schöne Seiten hatte. Pentawer war auf die eine oder andere Art in die Angelegenheit verstrickt, wenn nicht sogar ein treibender Faktor. Von ihm konnte ich nun wirklich keinen ehrlichen Rat oder gar Hilfe erwarten. So blieb mir nur Ramose. Doch konnte ich ihm noch vertrauen? Seit er zum zweiten Propheten Seths aufgestiegen war und Schais volles Vertrauen genoss, seit seine Frau und sein

Kind, vielleicht durch mein Nichteingreifen, gestorben waren, wusste ich nicht, woran ich wirklich mit ihm war. Aber hatte ich das jemals gewusst? Manchmal zweifelte ich daran. Dann wieder schalt ich mich dumm, zerfressen von Misstrauen. Wenn ich einen Freund hatte, dann ihn. Wieder tat sich bei mir ein Zwiespalt der Gefühle auf, und ich fragte mich, ob ich überhaupt noch jemandem vertrauen konnte, solange ich mir nicht selbst vertraute und hin und her gerissen wurde von zwei Stimmen, die mich in die entgegengesetzten Richtungen ziehen wollten.

Wie früher traf ich mich mit Ramose am Ufer des Nils an unserer altvertrauten Stelle. Gemeinsam saßen wir schweigend nebeneinander und schauten versonnen dem Spiel der Wellen zu.

„Wir sind einen langen Weg gegangen, seit wir uns hier zum ersten Mal trafen", meinte Ramose schließlich nachdenklich.

„Ja", antwortete ich zustimmend. „Und dieser Weg hat uns immer weiter voneinander weggeführt. Als wir zum ersten Mal hier saßen, habe ich von einer Zukunft geträumt, die uns gemeinsam gehört. Doch weiter als jetzt waren wir noch nie voneinander entfernt. Du bist der zweite Prophet des Seth und ich die Oberpriesterin der Isis. Allein das trennt uns schon, denn diese beiden Göttergeschwister sind Feinde, die einander bekriegen. Seth will die Vorherrschaft über das schwarze Land, die ihm seiner Meinung nach zusteht. Isis will die Macht für ihren Sohn Horus und bekriegt Seth deshalb. Steht es zwischen uns nicht ähnlich? Wir stehen nicht auf der gleichen Seite?"

„Wie meinst du das?", fragte Ramose überrascht.

„Seit wann interessiert uns der Hader der Götter?"

„Seit wir ihnen dienen", antwortete ich überzeugt. „Oder kann man sich ein Leben lang selbst täuschen und andere Ziele verfolgen als die der Götter, deren Diener wir sind?"

Ein Lächeln huschte über Ramoses Gesichtszüge. Ein stechender Schmerz durchfuhr mich, und ich stellte voll Bitterkeit fest, dass sie noch immer ebenmäßig und ansprechend waren. Die Zeit hatte ihnen wenig anhaben können.

„Ja, Anuket, das kann man. Wir alle sind Diener, aber auch Menschen, die eigene Ziele haben. Und die sind uns oft wichtiger als das, was die Götter wünschen."

Niedergeschlagen seufzte ich. „Vielleicht hat du recht. Ich weiß es nicht. Bist du denn von dem, was du tust, überzeugt?"

„Ja, das bin ich, Anuket. Seth ist mein Gott. Durch ihn und den Dienst an ihm habe ich Armut und Not hinter mir lassen können. Und was Armut und Not bedeuten, kann nur der ermessen, der sie selbst durchlebt hat. Ich würde für Seth alles tun."

„Du Glücklicher", antwortete ich neidisch. „Wenn ich das alles so klar und deutlich sehen könnte wie du, dann wäre ich jetzt nicht in einem solchen Dilemma. Ich weiß nicht mehr, wer mein Gott ist. Ich bin Isis geweiht, denn ich trage ihr Zeichen auf meiner Schulter. Aber auch Seth, der Zerstörer, ist in mir und beansprucht mich für sich. Wem soll ich folgen?"

„Ist das denn so wichtig?", fragte Ramose mich. „Kann man nicht auch zwei Göttern dienen?"

„Nein", antwortete ich fest. „In diesem Fall geht das gewiss nicht, denn beide wollen mich in eine ganz andere Richtung zerren. Ich kann nur einen Weg gehen. Wenn ich doch nur verstehen könnte, warum mein Leben so kompliziert ist. Ich weiß mir keinen Rat mehr."

„Was bedrückt dich, Anuket? Ich sehe dir an, dass du verzweifelt bist."

Lange sah ich Ramose prüfend an. Sollte ich ihm wirklich meine Zerrissenheit offenbaren?

„Ich werde innerlich aufgefressen von einer schrecklichen Prüfung, die die Götter mir auferlegt haben. Und ich weiß nicht, was ich tun soll. Welchen Weg ich auch immer wähle, er führt mich auf einen endgültigen Pfad, den ich dann nicht mehr verlassen kann. Manchmal glaube ich, ich wurde nur geboren, um eines Tages diese Entscheidung zu treffen. Ich aber ich hadere und zaudere mit der Entscheidung. Verstehst du das?"

„Ehrlich gesagt, nein, Anuket. Ich habe meinen Weg immer klar vor mir gesehen und immer gewusst, was zu tun ist. Und das war auch gut so, denn sonst wäre ich wie du auf der Stelle getreten."

Ich seufzte. „Vielleicht hattest du es da eben einfacher als ich. Solange ich zurückdenken kann, war diese Zerrissenheit in mir."

„Hast du einmal daran gedacht, dass es auch eine Krankheit sein kann?", fragte Ramose mich unverblümt.

„Du meinst die Krankheit, die uns zwei verschiedene Personen sein lässt, die getrennt voneinander ihre Ziele verfolgen? Ja, darüber habe ich nachgedacht. Und ehrlich gesagt befürchte ich selbst manchmal, verrückt zu werden."

„Erzähle mir, was dich so zerreißt. Vielleicht kann ich dir ja helfen."

Erneut schaute ich Ramose prüfend in die Augen. Es waren noch immer jene dunklen, seidig glänzenden Augen, in denen ich haltlos versinken konnte. Wem sollte ich vertrauen, wenn nicht ihm?

„Ich war mit meiner Göttin Isis in Theben und habe Pharao dort gesehen", sprudelte es schließlich aus mir hervor. „Doch ich habe Pharao schon viel früher gesehen, in meinen Träumen, in meinen Visionen, von denen ich dir einmal erzählt habe. Ich habe ihn sofort erkannt als den Mann, der ermordet mit durchschnittener Kehle zwischen seinen Frauen liegt. Seit ich diesem Mann begegnet bin, seit ich weiß, dass es ihn wirklich gibt, finde ich keinen Frieden mehr. Was wollen die Götter von mir? Soll ich warnen oder schweigen? Die eine Stimme in mir sagt so, die andere das Gegenteil, und ich verliere mich immer weiter in einem Labyrinth aus Wirrwarr und Durcheinander. Warum sehe ausgerechnet ich diese Bilder immer wieder? Ich will nichts weiter, als Frieden finden. Doch diesen Frieden gönnen die Götter mir nicht."

„Bist du dir sicher, dass es sich bei der Person, die du siehst, um Pharao handelt?", fragte Ramose skeptisch.

„So sicher, wie ich dich jetzt vor mir sehe. Am Anfang war das Bild noch verschwommen. Doch mit der Zeit wurde es immer klarer, die Gesichtszüge der Personen immer deutlicher.

Wenn sie mir begegneten, ich könnte dir jede Frau zeigen, die im Kreis um Pharao kniet. Nein, Ramose, ich bin mir inzwischen ganz sicher, dass genau das geschehen wird, was ich sehe. Und ich glaube auch, dass ich es vielleicht gar nicht verhindern kann. Vielleicht, vielleicht, vielleicht… Ich weiß nicht, was ich machen soll, was ich machen kann. Was würdest du tun?"

Ramose überlegte nicht lange mit seiner Antwort. „Ich würde schweigen und gar nichts tun, Anuket. Wie du es erzählst, haben die Götter über die Zukunft bereits entschieden. Dann kannst du nichts ändern. Und wenn nicht, wenn es doch nur ein Trugbild ist, das dich quält, dann machst du dich lächerlich. Schweige und warte ab was passiert. Das ist der einzige Rat, den ich dir geben kann."

Ich seufzte unbehaglich. „Und wenn meine Göttin mir diese Bilder schickt, um zu warnen, um den Attentätern zuvor zu kommen."

Ramose schüttelte energisch den Kopf.

„Schweigen und nichts tun, das ist alles, wozu ich dir raten kann, sonst bringst du dich selbst vielleicht noch in höchste Gefahr. Und sprich mit niemandem mehr darüber, hörst du."

Ich nickte. Doch wirklich überzeugt war ich nicht, auch wenn Ramoses Rat am einfachsten und unverfänglichsten erschien.

Kurz darauf verabschiedeten wir uns voneinander, und jeder ging seiner Wege. Ramose lenkte seinen Schritt eilig in die Richtung des Tempels seines Gottes, während ich, noch immer

zerrissen, langsam den Weg zum Isistempel zurück
suchte.

21.

Im Tempel von Abydos herrschte große Aufregung, seit die große Königsgemahlin Isettahemdjert ihren Besuch angekündigt hatte. Es war ihr Anliegen, Osiris und Isis zu opfern und deren Beistand zu erflehen.

Von Anfang an hatte ich kein gutes Gefühl, wenn ich an den bevorstehenden Besuch der Königin dachte. Ahnte sie etwas von den Umtrieben, die sich gegen Pharao richteten? Wie weit waren diese zwischenzeitlich gediehen? Ich wusste es nicht, vermutete nur, dass mein Spruch kein Umdenken in der Thronfolge herbeigeführt hatte. Doch dies hatte ich auch nicht erwartet, denn wirklich aussagekräftig war er nicht gewesen. Gerade darum war es aber möglich, dass die Königin kam, um sich ein Bild zu machen.

Ich hatte Pentawer seit meiner Abreise aus Theben nicht mehr gesehen und wusste darum nur, dass Pharao Ramses sich zurück in seine Hauptstadt Pi-Ramses begeben hatte, während die Königin auf ihrer Rückreise mehrere Tempel aufzusuchen gedachte, um die Götter zu ehren und Beistand zu erflehen. Eins ihrer ersten Ziele auf dem Weg nach Norden war Abydos.

Der Oberpriester des Osiris empfing die erste Frau des Herrschers mit allen Ehren, führte sie durch die Hallen des Tempels, verweilte mit ihr wie stets vor der langen Liste der Herrscher Ägyptens, die er voll stolz präsentierte und lud die große Königsgemahlin dann zu einem ausgiebigen Festmahl in seine Privatgemächer ein. Begleitet wurde die Königin von ihrem zweiten Sohn Amunherchepeschef, der ebenfalls an dem Festmahl teilnahm, zu dem auch ich als Oberpriesterin der Isis geladen war.

Lächelnd wandte die Königin sich an mich. „Ich möchte morgen in die Kammer der Göttin Isis kommen und ihr dort ein Opfer darbringen. Danach wäre ich dir sehr verbunden, wenn du ein wenig Zeit für mich erübrigen könntest. Ich würde dich gern unter vier Augen sprechen."

„Wie Eure Majestät wünschen", antwortete ich pflichtgemäß, obwohl mir die Aussicht auf ein Gespräch mit Isettahemdjert alles andere als angenehm war. Was würde sie fragen, was von mir wissen wollen? Und vor allem, was sollte ich antworten?

Die Zeremonie der Opferung ging reibungslos vonstatten. Die Königin hatte Früchte und Blumen sowie Gold für die Göttin mitgebracht. Während meine Priesterinnen eine fromme Hymne sangen, legte die Königin ihre Gaben nieder. Nach der Zeremonie zog ich mich mit ihr in meine Privatgemächer zurück, während der Prinz und das Gefolge der Königin mit Wein und Früchten im Vorraum bedient wurden.

„Was führt Euer Hoheit zu mir. Wie kann ich der großen Königsgemahlin behilflich sein?", fragte ich, während wir uns auf zwei bereitstehenden Liegen niederließen und Neith Wein und Früchte reichte.

Isettahemdjert zögerte einen Augenblick. Sogleich bedeutete ich Neith, uns zu verlassen und die Tür hinter sich zu schließen. Nachdem sie gegangen war, begann die Königin zögerlich zu sprechen: „Ich weiß nicht, ob es richtig ist, mich ausgerechnet an dich zu wenden, da du dem Prinzen Pentawer doch sehr verbunden zu sein scheinst. Und dieser, das ist ein offenes Geheimnis, legt es darauf an, meinen erstgeborenen Sohn von der Thronfolge auszuschließen und selbst Thronfolger zu werden. Hinter ihm stehen seine Mutter und vor allem sein Großvater, der wiederum viele Freunde und Verbündete hat. Diese Änderung der Thronfolge wird Pharao niemals zulassen. Das hat er unmissverständlich klar gemacht. Doch was wird dann geschehen? Was, Oberpriesterin der Isis, hast du gesehen? Was hat das Orakel dir wirklich offenbart."

Ich schluckte schwer. Vor diesem Augenblick hatte ich mich gefürchtet. Dass die Königin so unvermittelt auf den Kern ihres Kommens zu sprechen kam, brachte mich sogar ein wenig aus der Fassung. Was sollte ich sagen? Einige Augenblicke verharrte ich in Schweigen, starrte in eine nicht vorhandene Ferne und überlegte. Was durfte ich preisgeben und was lieber verschweigen?

„Es stehen dem Land schwere Zeiten bevor, Majestät. Es wird tiefgreifende Veränderungen geben, auf die Ihr und Eure Söhne sich einstellen sollten."

„Wie meinst du das? Sprich klarer, Priesterin."

„Ich sehe, dass ein Meuchelmord schon bald das ganze Land in Aufruhr versetzen wird. Eine bedeutende Person wird sterben, und ich bin sicher, dass niemand deren Tod verhindern kann.

Es ist der Wille der Götter. Doch was danach geschieht, das hängt allein von den Menschen ab, die die Situation zu bewältigen haben. Mehr, große Königin, kann ich Euch nicht sagen, denn ich sehe nicht mehr."

„Wer ist diese Person, die sterben wird? Einer meiner Söhne? Sag es mir, Anuket, Priesterin der Isis."

„Ich kann Euch nicht mehr sagen, denn ich sehe nicht mehr, Königin. Ich sehe einen Meuchelmord, doch die Person, die sterben wird, sehe ich nicht deutlich. Ihr müsst Euch mit dem, was ich Euch gesagt habe, zufriedengeben", log ich. Wie hätte ich ihr sagen sollen, dass Pharao schon bald mit Re in seiner Barke seine Kreise ziehen würde? Sollte ich so deutlich warnen? Isis sagte ja, Seth verbot es mir. Der Mittelweg, den ich gewählt hatte, war der einzige Ausweg, den ich sah, denn durch ihn stellte ich mich auf keine der streitenden Seiten. Aber ich widersetzte mich auch dem Willen beider Götter und erzürnte sie dadurch.

Isettahemdjert sah mich lange nachdenklich an. Dann nickte sie nur und ging. Welche Schlüsse sie aus meiner Vision ziehen würde, wollte ich allein ihr und dem Schicksal überlassen. Es stand mir meiner Meinung nach nicht zu, die Fäden der Götter zu durchtrennen. Und selbst wenn ich dies an diesem Tag getan hätte, wenn ich gesagt hätte, dass es Pharao selbst war, der sterben würde, hätte ich verhindern können, was geschehen sollte? War es nicht bereits festgeschrieben? Ich wusste es nicht, und ich wollte auch nicht weiter darüber nachdenken. Dies musste ich auch nicht, denn ein heftiger Anfall ersparte mir weitere Grübelei und schenkte mir tiefen Schlaf und zeitweiliges Vergessen. Allmählich, so erschien es mir, als ich erwachte, entwickelten sich meine Krampfanfälle zu einem wahren Fluchtweg aus unhaltbaren Situationen. Vielleicht hatten die Götter mir deshalb dieses Leiden geschenkt?

22.

Schweigend beobachtete ich Pentawer, der sich nackt auf meinem Bett rekelte. Eine lange, lustvolle Nacht lag hinter uns, in der wir uns geliebt hatten, als würde es kein Morgen geben. Wochen waren seit dem Zusammentreffen mit der Königin vergangen, und nichts hatte sich ereignet. Auch meine Visionen vom Tod Pharaos waren verschwunden. Doch ich ahnte, dass diese Ruhe trügerisch war, ein Stillstand zum Durchatmen vor dem Sturm.

„Habt Ihr bei Pharao bezüglich der Thronfolge eigentlich etwas erreicht, mein Prinz?", fragte ich so beiläufig wie möglich.

„Nein, meine schöne, leidenschaftliche Oberpriesterin. Pharao beharrt auf der Reihenfolge der Thronerben, auch wenn die Söhne Isettahemdjerts keine reinrassigen Ägypter sind. Mein Großvater hat all seine Überredungskunst angewandt. Doch kein Argument konnte Pharao überzeugen."

„Und was wird dein Großvater nun tun? Wird er sich Pharaos Willen beugen?" Ich fragte, obwohl ich die Antwort bereits kannte. Doch es sollte noch schlimmer kommen, als ich es mir vorgestellt hatte.

„Du selbst hast zur Lösung des Problems beigetragen", antwortete Pentawer lächelnd. „Du hast Pharao sterben sehen. Und so wird es nun wohl auch kommen. Mein Großvater zieht die Fäden. Meine Mutter ist sein Werkzeug, wie du es in deinen Visionen vorausgesehen hast."

„Du hast ihm doch wohl nicht etwas von dem, was ich dir anvertraut habe, erzählt?", fragte ich entsetzt.

„Natürlich, meine Schöne. Warum sonst haben die Götter dir diese Vision geschenkt, wenn nicht, um einen Ausweg aus der verfahrenen Situation zu weisen?"

„Die Götter?", rief ich entsetzt, erkennend, dass allein Seth mir diese Vision gesandt haben konnte, um Verderben zu säen und Isis die ganze Zeit über versucht hatte, mich vor der Falle zu warnen. Letztendlich war meine Vision nun der Ursprung für diesen geplanten Mord - und ich die Urheberin. Jetzt erst begriff ich, warum Isis schon damals gewollt hatte, dass Teje und Pentawer starben. Der Göttin waren bereits damals die Folgen der glücklichen Geburt Pentawers bewusst gewesen. „Ihr müsst versuchen, dieses Verbrechen zu verhindern, Prinz Pentawer", drängte ich. „Nicht die Götter haben mir diese Vision gesandt, sondern allein Gott Seth, dessen Wille es ist, Unfrieden im Land Kemt zu stiften und Verderben zu bringen. Wenn Pharao getötet wird, dann werdet Ihr nicht Thronfolger sein, nein, wir alle werden sterben. Bringt Euren Großvater und Eure Mutter davon ab."

„Dafür dürfte es zu spät sein. Zu viele wissen von den Plänen, und wenn wir nicht bald handeln, dann wird es eine undichte Stelle geben, die unsere Pläne verrät. Nur Pharaos Tod und ein Umsturz können uns vor Strafe bewahren. Wer auch immer dir diese Vision gesandt hat, sie ist der einzige Ausweg aus der jetzigen Situation."

Entsetzt ließ ich mich auf einen Stuhl sinken, den Kopf plötzlich voller Bilder, die einen blutigen Ausgang des gesamten Unternehmens ankündigten.

Wenige Stunden später brach Prinz Pentawer auf, um nach Pi-Ramses zurückzukehren, während ich verzweifelt zurückblieb und mich fragte, was ich nun tun sollte. Konnte ich überhaupt noch etwas unternehmen? Ich bezweifelte es, während ich im Tempel vor Isis' Bild kniete und um Vergebung bat.

„Du musst etwas tun, etwas unternehmen. Du darfst dem Schicksal nicht einfach seinen Lauf lassen", schien mir ihre Statue zuzuraunen. Doch was konnte ich machen? Wenn ich die Verschwörung verriet, dann schickte ich meinen Liebhaber in den sicheren Tod. Wenn ich schwieg, dann bedeutete dies nicht nur Pharaos Tod, sondern auch den seiner ersten Königin und derer Söhne.

Je länger ich über das Problem nachdachte, umso verzweifelter wurde ich. Doch diesmal erlöste mich kein Anfall von meinen Leiden. Und so kam ich schließlich zu dem Schluss, dass ich wenigstens die Königin und deren Söhne retten musste. Also rief ich einen Boten in den Tempel, dem ich ein eigenhändiges, von mir versiegeltes Schreiben aushändigte mit der Anweisung, dies unverzüglich der großen Königsgemahlin in Pi-Ramses zu überbringen. Ich schrieb darin, dass Seth, der Zerstörer, etwas Böses plane und sie sich und ihre Söhne in die Garnison des Ptah in Memphis in Sicherheit bringen solle. In dieser

Pharao treu ergebenen Garnison würden sie und die ihren Schutz finden. Dies sei der weise Rat meiner Göttin, den sie schnellstmöglich befolgen solle. Von Pharao und dem geplanten Mordanschlag auf ihn schrieb ich nichts, denn davon konnte und wollte ich nichts ausplaudern, war diese Idee doch aus meinen Visionen erst geboren worden. Letztendlich hatte ich bereits mehr preisgegeben, als eigentlich gut war, denn meine Warnung könnte mich als Mitwisserin der Verschwörung entlarven. Die Götter mögen mir vergeben, doch ich konnte nicht anders handeln.

Nachdem der Bote sich auf den Weg gemacht hatte, begann ein Sturm in meinem Innern loszubrechen. Seth schalt mich Verräterin, die den Tod ihres Liebsten auf dem Gewissen haben würde. Isis hingegen warf mir das schwerste denkbare Verbrechen überhaupt vor. Ich war es, die den Mord an Pharao, dem lebenden Horus und Vertreter der Maat in Ägypten, einfach geschehen ließ. In meinem Wahn hielt ich mir die Ohren zu, weil ich die beiden sich streitenden Götter nicht mehr in meinem Kopf ertragen konnte und ich wie eine Irre zu schreien begann, es sollte doch endlich Stille einkehren. Dies zog sich hin, bis endlich einige meiner Priesterinnen sich trauten, sich mir trotz meiner Visionen zu nähern und mich in meine Kammer zu führen, um mir ein Schlafmittel einzuträufeln, damit die Dämonen in mir zum Schweigen kamen.

23.

Die Nachricht von Pharao Ramses III. Tod verbreitete sich wie ein Lauffeuer. Niemals zuvor war ein solcher Mord an einem von den Göttern gesalbten Herrscher im Land Kemt verübt worden. Dieses Attentat übertraf alles Vorstellbare. Im Harem, von acht seiner Frauen umgeben und abgelenkt, hatte Königin Teje ihre Chance ergriffen und dem lebenden Horus mit einem gezielten tiefen Schnitt die Kehle durchtrennt. Nachdem dies gelungen war, waren andere Verschwörer in die Gemächer der großen Königsgemahlin Isettahemdjert und derer Söhne eingedrungen, um diese ebenfalls schnell und sicher aus dem Weg zu räumen. Doch an dieser Stelle ging der perfekt geplante Machtwechsel bereits nicht auf, da weder die große Königsgemahlin noch der Kronprinz oder dessen Bruder im Palast zu finden waren. Die ganze Stadt wurde nach den Flüchtigen durchkämmt. Sie blieben spurlos verschwunden. Die große Königsgemahlin und deren Söhne hatten meinen Rat angenommen und waren nach Memphis geflohen, ohne auch nur zu ahnen, dass Pharao das erste Opfer dieses Umsturzes werden würde. Wie hätten sie dies auch ahnen oder gar wissen können? Allein der Gedanke, Pharao zu beseitigen, erschien einem götterfürchtigen Menschen undenkbar, war er doch der Stellvertreter der Götter auf Erden. Und ich hatte diesen Teil meines Wissens für mich behalten, um den zu schützen, dem ich mich verpflichtet fühlte – Prinz Pentawer.

Seit meine Priesterinnen mich in meine Kammer geführt und mit einem Schlafmittel zur Ruhe gebracht hatten, hatte ich meine Kammer nicht mehr verlassen. Ungewaschen und abwesend starrte ich brütend vor mich hin, den Blick in eine unsichtbare Ferne gerichtet, die nur mir zugänglich war. Niemand traute sich in meine Nähe, und meine Priesterinnen stritten darum, wer die schwere Aufgabe übernehmen sollte, sich mir zu nähern und mir einige Bissen Essen und etwas Wasser einzuflößen. Allein meine Sklavin Neith ließ mich nicht im Stich. Sie schaute täglich nach mir, strich mir zärtlich übers Haar und wiegte mich in ihren Armen wie eine Mutter ihr krankes Kind. Doch auch das wollte mich nicht aus meiner Lethargie befreien. Und so musste auch Neith eines Tages die bittere Erkenntnis schlucken, dass ich wohl endgültig dem Wahnsinn verfallen war. Dennoch setzte sie ihre täglichen Besuche bei mir fort.

Es war das Erscheinen Ramoses, des zweiten Propheten Seths, das mich schließlich doch aus meinem Stumpfsinn befreite. Als Neith mich von seinem Kommen unterrichtete, schaute ich diese erst völlig verständnislos an, bis mir ganz allmählich dämmerte, dass Ramose in meinem Leben eine Bedeutung hatte. Nachdem ich mich gesammelt und meine Gedanken zu ordnen versucht hatte, wurde ich mir plötzlich meines unhaltbaren körperlichen Zustands bewusst.

„Sag ihm, er soll morgen wiederkommen. Heute kann ich ihn unmöglich empfangen. Morgen, Neith, morgen."

Neith nickte und schlich davon, um Ramose meine Antwort zu überbringen. Als sie zu mir zurückkehrte und mir berichtete, dass der zweite Prophet Seths tatsächlich morgen wiederkommen würde, schaute ich sie fragend an. „Was ist eigentlich geschehen? Ich kann mich an nichts mehr erinnern."

„An gar nichts mehr?", fragte Neith mich verwirrt.

„Nein", antwortete ich. „Nicht wirklich. Ich weiß nur noch, dass etwas Schreckliches passiert ist. Aber was? Kannst du mir helfen?"

Seufzend schüttelte Neith den Kopf, eine Geste, die Mitleid ausdrücken sollte.

„Pharao Ramses III. ist ermordet worden, in seinem Harem, von acht seiner Frauen. Kannst du dich daran erinnern, Herrin?"

Verzweifelt versuchte ich in meinem Kopf eine Antwort zu finden. Doch so richtig wollte mir das nicht gelingen. Alles lag in dichtem Nebel, und der Schleier wollte nicht fallen. Doch undeutlich ahnte ich, dass mein Geist sich weigerte, diese Wand zu durchbrechen.

„Seit du in diesen abwesenden Wachzustand gefallen bist, ist noch viel mehr geschehen, Herrin. Die Prinzen Amunherchepeschef und Chaemwaset haben von Memphis aus ein Heer aufgestellt und sind auf die Hauptstadt Pi-Ramses marschiert. Dort haben sie alle verhaftet, die mit dem Attentat auf den Pharao auch nur im Entferntesten etwas zu tun hatten. Die Gefängnisse sind voll. Alle sollen vor Gericht gestellt werden, damit diese Straftat restlos aufgeklärt wird. Niemand von den

Verschwörern soll dem Henker entkommen. Auch Königin Teje, ihr Vater Ta und Prinz Pentawer sind inhaftiert worden. Dies alles verspricht, eine umfassende Säuberungsaktion zu werden. Keiner soll der Rache des Kronprinzen entkommen. Seit Tagen wird auch ein Bote des Wesirs Hori im Tempel vorstellig, um dich zu sprechen. Doch die Ärzte haben dies stets mit der Begründung untersagt, dass du, Herrin, verzeih mir, wenn ich dies so sage, nicht bei Verstand seist. Dein Geist habe deinen Körper verlassen, meinten sie. Zurückgeblieben sei lediglich eine leere Hülle ohne Ka und Ba. Doch damit hat sich der Bote nicht abspeisen lassen. Erst ein Blick auf dich und deinen Zustand hat ihn dann doch davon überzeugt, dass mit dir im Augenblick kein vernünftiges Gespräch möglich ist. Aber er ist noch immer hier und wartet."

Ich starrte vor mich hin und versuchte die Worte Neiths zu begreifen. Und plötzlich tauchte es wieder vor meinem inneren Auge auf, jenes schreckliche Bild, das Pharao mit durchgeschnittener Kehle im Kreis seiner Frauen zeigte. Und ich hörte Seths Stimme in mir widerhallen: „Das ist dein Werk, Anuket. Du hast den Anstoß gegeben, das Unmögliche wahr zu machen."

Ein Entsetzensschrei entfuhr meiner Kehle. Die Erinnerung kam bruchstückhaft zurück. Angstschweiß trat auf meine Stirn. Ich trug die Schuld an dem, was geschehen war. Ich hatte in meinem kranken Geist erdacht, was die anderen dann umgesetzt hatten.

„Hör mir zu, Neith. Sprich mit niemandem darüber, dass mein Zustand sich gebessert hat, bis ich mit Ramose reden konnte. Ich muss genau wissen, was im Land vor sich geht."

„Ja, Herrin. Natürlich werde ich schweigen."

Ramose kam pünktlich zur vereinbarten Stunde am nächsten Tag. Er sah ebenfalls blass und mitgenommen aus. Als er den Empfangssaal des Tempels betrat, fand er mich gewaschen und sauber angekleidet vor. Doch dass ich die letzten Tage Schlimmes durchgemacht haben musste, sah man mir deutlich ins Gesicht geschrieben. Mein Gesicht war grau und eingefallen, mein Körper abgemagert, meine einstige Schönheit verblasst. Ich war zu einem Schatten meiner selbst geworden.

Nachdem wir uns begrüßt und die üblichen Höflichkeitsformeln ausgetauscht hatten, sandte ich alle Anwesenden, selbst meine Sklavin Neith, aus dem Saal. Als wir schließlich unter uns waren, schaute ich Ramose lange forschend an.

„Was führt dich zu mir, Diener des Seth. Kommst du, mich meiner Naivität wegen zu verspotten?"

„Anuket!" Entsetzt schaute Ramose mich an. „Was redest du da für einen Unfug. Ich komme zu dir, weil ich mir Sorgen um dich gemacht habe. Mir wurde berichtet, du seist dem Wahnsinn verfallen. Das konnte und wollte ich nicht glauben. Und wie ich sehe, stimmt es auch nicht, auch wenn du sehr ausgezehrt und erschöpft aussiehst." Empörung schwang in seiner Stimme mit. Wie konnte ich nur schlecht von ihm denken, schienen seine Blicke mich zu fragen. „Ich bin gekommen, um dich zu warnen. In Pi-Ramses fragt man sich, wie viel du von dem Attentat auf den Pharao gewusst hast. Sobald man sich sicher ist, dass du wieder ganz gesund wirst, wird man dich an den Hof laden, um dich einem Verhör zu unterziehen. Es wäre also vielleicht besser für dich, weiterhin als verrückt zu gelten. Für Verrückte hat man schon immer ein mitleidiges Bedauern empfunden."

„Woher weißt du das?", fragte ich verblüfft, seinen Blick misstrauisch erwidernd.

„Schai, der Oberpriester des Seth, ist verhaftet und nach Pi-Ramses gebracht worden. Bei seiner Verhaftung fiel auch dein Name. Doch in dem Zustand, in dem du dich befunden hast, wollte dich niemand von hier fortbringen. Doch wenn es dir nun besser geht…"

„Welchen Vorwurf macht man mir denn?"

„Das weiß ich nicht, auch nicht, ob du tatsächlich in das Attentat auf unseren Pharao verstrickt bist. Allein die Tatsache, dass du Prinz Pentawers Geliebte bist, macht dich wohl verdächtig."

Ich begann zu lachen. „Ob ich in das Attentat auf Pharao verstrickt bin? Oh Ramose! Ich bin der Ursprung dieses Gedankens. In meinen Visionen habe ich immer wieder gesehen, wie Pharao in seinem Harem ermordet wird. Damit habe ich Pentawer und seine Mutter wohl erst auf den Gedanken gebracht, Pharao zu ermorden. Verstehst du? Es ist allein ein Gedanke von mir gewesen, dem ich Leben eingehaucht habe. Ich bin schuld. Seth hat mich für seine Zwecke missbraucht, wie schon bei Pentawers Geburt.

Wenn jemand an dem ganzen Schuld trägt, dann ich."

„Das ist nicht wahr, Anuket. Was auch immer du in deinen Träumen und Visionen gesehen haben magst, niemand hat Königin Teje gesagt, dass sie es ausführen soll. Niemand. Und du schon gar nicht. Der Mensch ist frei in seiner Entscheidung. Er kann wählen zwischen richtig und falsch."

„Glaubst du das wirklich?", fragte ich zweifelnd.

„Nein, nein. Wir alle sind ein Spielball der Götter, die mit uns ihre grausamen Scherze treiben. Sie verwickeln uns in ihr Spiel, ziehen die Fäden und lassen uns zappeln. Es gab eine Zeit, da habe ich fest daran geglaubt, dass du und ich zusammengehören. Doch auch das war nur eine Illusion. Nein, Ramose, die Götter bestimmen unser Leben und Wirken, nicht wir."

„Ach, Anuket, wie kannst du davon so überzeugt sein? Ich sehe in dir noch immer einen der wichtigsten Menschen in meinem Leben."

„Und warum hast du dann eine andere geheiratet?"

„Weil ich nicht anders konnte."

„Du selbst hast mir eben noch gesagt, dass man immer eine Wahl hat."

„Die hat man auch. Ich hätte es ablehnen können, sie zu heiraten. Doch ich ließ mich von Schai in diese Ehe drängen, um zweiter Prophet des Seth zu werden. Ich brauchte das Einkommen für meine Familie. Die Lage im Land wurde immer bedenklicher. Meine Familie litt Hunger."

„Was hat das mit deiner Ehe zu tun?"

„Viel. Sehr viel. Meine Frau war die Geliebte des Oberpriesters Schai und blieb es auch während unserer Ehe. Irgendwann erwartete sie sogar ein Kind von ihm oder einem der vielen anderen Männer, die sie ebenfalls regelmäßig empfing. Da sie mit mir verheiratet war, gab es keine Fragen nach dem Vater. Als Gegenleistung für dieses Arrangement wurde ich zum zweiten Propheten des Seth ernannt. Ich habe diese Frau, die vor den Göttern meine Frau war, niemals auch nur angerührt. Und das Kind, das sie trug, war nicht mein Kind. Verstehst du, Anuket?"

„Du hast dich also verkauft. Ja, ich verstehe."

„Das sagt die Richtige. Auch du hast den Bann zwischen uns gebrochen, als du dich Pentawer hingegeben hast. Was sollte ich da glauben?"

Betroffen ließ ich den Kopf sinken. „Du hast recht. Ich tat es, weil ich hoffte, du würdest endlich aufwachen und mich für dich beanspruchen. Doch du hast gar nichts getan. Du hast es einfach geschehen lassen. Und, ich gestehe, mein Körper hat sich nach der Berührung eines Mannes gesehnt. Doch ist es nicht müßig, darüber jetzt noch zu reden? Die Götter haben uns ihren Weg gehen lassen, und nun stehen wir da, wo wir jetzt sind. Ich werde nach Pi-Ramses gehen und mich meiner Verantwortung stellen. Mehr bleibt mir nicht zu tun übrig."

„Du mit deinen Göttern. Aber, ja, ich glaube, sie sprechen wirklich zu dir. Mit mir hat in meinem ganzen Leben noch kein Gott gesprochen, weder Seth noch sonst ein Gott. Darum bist du gesegnet, Anuket. Welche Visionen du auch immer hattest, sie sind nicht aus dir erwachsen. Du hast sie nur weitergegeben oder verschwiegen, wenn es ratsam schien. Was andere daraus machten, liegt nicht in deiner Verantwortung. Es gibt nicht viele Menschen, die den Göttern so nahe sind wie du."

Ich lächelte traurig. „Glaube mir, es ist kein Segen, den Göttern nahe zu sein. Sie sind wie wir Menschen, voller Intrigen und Ränke, nachtragend und unversöhnlich, und sie wollen Macht, Macht über das Land Kemt und uns Menschen, die sie für ihre Interessen benutzen. Ich bin es leid, von ihnen benutzt zu werden, von ihnen innerlich zerrissen zu werden. Mein Ka und Ba sehnen sich nach Frieden. Darum muss es ein Ende haben."

„Aber ich liebe dich. Ich habe dich immer geliebt."

„Und darum hast du mich dann verraten?"

Ramose seufzte. „Wie kommst du darauf?"

„Ich habe es gespürt, Ramose. Aber mein Verstand hat es nicht wahrhaben wollen. Schai hat dich beauftragt, den Kontakt zu mir nicht abbrechen zu lassen. Ist es nicht so? Er wollte über alles, was im Tempel der Isis geschieht, unterrichtet sein. Darum hat er dich immer wieder zu mir gesandt, als Freund."

Ramose schaute mich tief getroffen an.

„Ja, Anuket, es ist wahr. Er hat, als er dich das erste Mal mit dem Prinzen im Tempel unseres Gottes sah, sofort gespürt, dass von dir etwas Besonderes ausgeht, aber auch, dass du innerlich tief zerrissen bist, dass der Gott Seth und die Göttin Isis um dich streiten. Um die Macht unseres Gottes zu mehren, sollte ich dich ausspionieren. Darum hat er mich immer wieder zu dir geschickt, da er wusste, dass ich dein Vertrauen genieße. Er hoffte zu erfahren, was Seth durch dich zu bewirken beabsichtigt. Deshalb hat er Prinz Pentawer auch auf die Idee gebracht, dich zur Oberpriesterin der Isis zu machen. Und Pentawer ist sofort auf diese Idee eingegangen, hoffte er doch durch die Macht des Seth, Kronprinz werden zu können. Aber im Gegensatz zu dem, was du vielleicht glauben magst, habe ich nie ein Wort über das verloren, was du mir im Vertrauen erzählt hast. So hätte ich dich nie betrügen können, denn ich habe dich immer geliebt."

Ich schaute Ramose lange schweigend an. Tränen traten mir in die Augen. Meine Enttäuschung kannte keine Grenzen. Nichts als Verrat und Betrug hatte mich umgeben, und ich hatte es nicht einmal bemerkt, nicht bemerken wollen.

„Geh, Ramose, geh und komm nie mehr zurück. Ich will dich nie wiedersehen."

„Aber Anuket…"

„Geh!" Entschieden deutete ich mit dem Finger auf die Tür.

Wortlos stand er auf und ging zur Tür. Schweigend hielt er sie in der Hand und schaute noch einmal flehend zu mir zurück. Doch ich wandte den Blick ab. Er ekelte mich an, denn er hatte für Macht und Einfluss unsere Liebe verraten, gleichgültig, wie viel er Schai erzählt oder verschwiegen hatte.

Ein paar Tage später brach ich mit Neith und zwei Sklaven des Tempels nach Pi-Ramses auf. Ich wollte nicht darauf warten, dass man mich rief. Ich wollte selbst kommen und sagen, was zu sagen war.

24.

Die Jahreszeit des Achet war gerade in die Jahreszeit des Peret, der Zeit der Aussaat übergegangen. Die Bauern auf den Feldern hatten damit begonnen, den fruchtbaren Nilschlamm für ihre Felder zu nutzen.

Nachdenklich saß ich auf dem Deck eines Schiffes, das mich nach Pi-Ramses bringen sollte. Ich fühlte mich innerlich zutiefst verletzt. Der Schmerz, den Ramoses Verrat in mir freigesetzt hatte, wollte nicht weichen. Den Tränen nahe, schaute ich auf die an unser Schiff schlagenden Wellen, als plötzlich wie aus dem Nichts ein Gesicht vor mir auftauchte. Es war das Gesicht eines jungen, dunkelhäutigen Mannes, das mich höhnisch angrinste. Ich hatte diesen Mann noch nie in meinem Leben gesehen. Wer war er? Was sollte diese neue Vision mir nun wieder vorgaukeln? Ich wollte keine Visionen, keine Bilder und auch keine Götter mehr. Ich wollte einfach nur Frieden finden. Doch irgendjemand schien sich noch nicht zufrieden geben zu wollen. Mir war plötzlich, als wäre mein Werk der Zerstörung noch nicht beendet.

Als unser Schiff Tage später in Pi-Ramses anlegte, ließ ich eine Sänfte rufen und mich zum Palast bringen, wo ich um eine Audienz bei der großen Königsgemahlin Isettahemdjert ersuchte. Als Oberpriesterin der Isis konnte man mir diese nicht verweigern, und so wurde ich kurze Zeit später vorgelassen.

Misstrauisch beäugte mich die Königin, als ich in den Audienzsaal eintrat und mich vor ihr verneigte.

„Dich hätte ich hier am wenigsten erwartet, Oberpriesterin der Isis. Was führt dich nach Pi-Ramses?"

„Man sagte mir, dass man mein Kommen wünsche, und darum bin ich hier."

„Und mir sagte man, du seist verrückt geworden, dem Schwachsinn verfallen."

„Dabei handelte es sich wohl eher um eine meiner Phasen, in denen die Götter mir näher sind als die Menschen. Angesichts all der schrecklichen Bilder und Geschehnisse, die ich in der realen Welt gesehen habe, hielt mein Geist mich in der anderen Welt gefangen und wollte nicht zurückkehren."

„Und was hast du gesehen?", fragte die Königin neugierig. „Den Tod des Königs, den du mir verheimlicht hast? Du hast doch gewusst, dass man Pharao ermorden würde?"

„Nein, das habe ich nicht. Ich habe wohl einen Mord gesehen, immer und immer wieder, aber ich wusste nie, um wen es sich handelte. Dafür habe ich Euch mit Euren Söhnen gesehen und gewusst, dass Euch Gefahr droht. Und ich habe Euch gewarnt."

„Das soll ich glauben?" Isettahemdjert schaute mich misstrauisch an. „Ich glaube viel eher, dass Prinz Pentawer dich in seine Pläne eingeweiht hat, dir dann aber Bedenken kamen und du darum beschlossen hast, wenigstens mich und meine Söhne zu retten."

Ich lachte. „Verzeiht, Königin, aber warum hätte ich Euch und Eure Söhne retten sollen und Pharao sterben lassen? Der Garant für ein blühendes Land Kemt ist stets der Pharao, nicht ein Kronprinz. Kronprinzen sind austauschbar, der Pharao nicht."

„Du behauptest also, du hättest von dem Attentat auf Pharao nichts gewusst. Das kann ich nicht glauben."

„Ich habe es Eurer Majestät gerade zu erklären versucht. Ich sah es, konnte es aber nicht zuordnen. Seth hat mir den Blick versperrt auf das, was Isis mir zeigen wollte." Es war gelogen, denn mir war zum Schluss durchaus klar gewesen, um wen es sich bei dem Attentat handeln würde. Aber das war mir gleichgültig. Es war so viel passiert, was schadete da diese kleine Lüge. „Prinz Pentawer hat in meiner Gegenwart zwar mehrmals davon gesprochen, dass sein Großvater ihn als Kronprinzen sehen will. Doch wie gesagt, dies schien mir mehr der Wunsch seines Großvaters zu sein als sein eigener. Daher bezweifle ich, dass der Prinz in den Plan seiner Mutter eingeweiht war."

„Das behauptest du, weil der Prinz dein Liebhaber ist. Er hat dich zu dem gemacht, was du heute bist – die oberste Priesterin der Isis. Und darum versuchst du ihm jetzt zu helfen."

„Wenn ich ihm hätte helfen wollen, große Königin, warum hätte ich dann Euch und Eure Söhne warnen sollen? Das ergibt doch keinen Sinn. Wir befinden uns hier in einem Kampf der Götter, wie schon so oft, wenn zerstörerische Kräfte an dem Reich zerrten. Seth, der Zerstörer, will die Herrschaft über das schwarze Land erringen. Isis stellt sich ihm in den Weg, um ihrem Sohn Horus die Macht zu erhalten. Dieser ewig während Kampf der Götter ist es doch, der zu dem nun herrschenden Chaos führte. Die Götter, ja, sie spielen mit uns, sie benutzen uns, sie werfen uns fort, wenn sie genug gespielt haben und vernichten uns. Das ist die einzige Wahrheit, Hoheit."

Nachdenklich starrte die große Königsgemahlin mich an. „Was willst du hier Oberpriesterin? Warum bist du wirklich gekommen?"

„Um zu sagen, was gesagt werden muss – hütet Euch vor Seth, dem Zerstörer. Hütet Euch!"

Dann fühlte ich jenen Schwindel in mir aufsteigen, der mich stets erfasste, wenn ich mich zu sehr aufregte. Wenige Augenblicke später fiel ich, und mein Körper wurde von Krämpfen geschüttelt, die einem Außenstehenden dämonisch erscheinen mussten.

Als ich wieder zu mir kam, lag ich auf einer Liege in einem der Zimmer des Palasts. Zwei Soldaten standen vor der Ausgangstür und versperrten mir den Weg nach draußen. Mir war klar, ich war eine Gefangene der Königin. Doch das war mir gleichgültig. Seit Ramoses Verrat war mir alles egal geworden. Ob ich lebte oder starb, was kümmerte es mich noch? Ich wollte nur eins, Frieden in meinem Innern finden, meine Zerrissenheit überwinden. Höhnisch starrte jenes fremde Gesicht, das mir auf dem Weg nach Pi-Ramses zum ersten Mal begegnet war, erneut entgegen. – Du bist noch nicht fertig, Anuket. Etwas bleibt dir noch zu tun übrig – schien es mir hämisch entgegenzurufen.

25.

Der Prozess gegen die Verschwörer wurde schon bald von einem heftigen Skandal erschüttert. Ich erfuhr davon von Neith, die mir weiter dienen durfte und mich so mit Neuigkeiten von draußen versorgen konnte.

Zwei Richter hatten sich von den angeklagten Konkubinen des Pharaos verführen lassen. Diese hatten gehofft, dadurch ein milderes Urteil zu erhalten und dem Tod zu entkommen. Doch das Ganze wurde frühzeitig entdeckt und die Richter wegen Bestechlichkeit kurzerhand ins Gefängnis gesteckt, um nach dem Prozess gegen die Verschwörer ebenfalls vor Gericht gestellt zu werden.

Wie sich bald in Verhören herausstellte, war das Ausmaß der Verschwörung weit größer als anfänglich geglaubt. Außer Prinz Pentawer, seiner Mutter Teje und seinem Großvater, dem Wesir Ta, waren zahlreiche hohe Würdenträger des Hofes, der Armee, der Haremsverwaltung und der Priesterschaft an dem Attentat beteiligt. Allein der Oberpriester des Seth, Schai, dem man keine Beteiligung an dem Attentat nachweisen konnte und den man deshalb wieder auf freien Fuß setzen musste, entkam seiner Strafe. Sein Gott schien schützend seine Hand über ihn zu halten. Ihn machten zwar seine häufigen Treffen mit Prinz Pentawer verdächtig. Doch das allein reichte für eine Verurteilung nicht aus. Alle anderen Verschwörer wurden für schuldig befunden. Die Strafen fielen je nach Schwere der Schuld unterschiedlich aus. Vom Abschneiden von Ohren und Nase bis zur Hinrichtung reichten sie. Den hohen Würdenträgern und Mitgliedern der königlichen Familie wurde der Selbstmord befohlen.

Am Tag der Urteilsverkündung kam ein Diener der Königin Isettahemdjert zu mir und teilte mir mit, dass Prinz Pentawer mich noch einmal zu sehen wünsche. Bislang war ich eine Gefangene im Palast gewesen. Doch entgegen meiner Befürchtungen war ich weder vor das Gericht zitiert noch in meinen Gemächern verhört worden. Einen Reim konnte ich mir auf das alles nicht machen, also nahm ich es als gegeben hin, denn es war mir eigentlich gleichgültig, was mit mir geschah. Seit ich von dem Verrat des einzigen Mannes wusste, der mir jemals etwas bedeutet hatte, hatte das Leben für mich seinen Glanz verloren. Und der junge Nubier, der nachts durch meine Träume schlich und mir damit meinen Schlaf raubte, trug auch nicht dazu bei, mir das Leben in einem angenehmen Licht erscheinen zu lassen.

Als ich den Haremsteil betrat, in dem Pentawer mit seiner Mutter gefangen gehalten wurde, übermannte mich ein tiefes Schuldgefühl. Ich war schuld, dass der Prinz und seine Mutter zum Selbstmord gezwungen werden sollten. Hätte ich geschwiegen und die große Königsgemahlin und ihre Söhne nicht gewarnt, wären diese jetzt tot und Pentawer vermutlich unser neuer Pharao. Zweifel an der Richtigkeit meiner Handlung kamen mir. Doch es erschien mir unsinnig, jetzt noch darüber nachzudenken. Die Würfel waren gefallen, der Kampf entschieden.

Zögernd blickte ich mich in dem Gemach um, in das ich von zwei Soldaten gebracht wurde. Auf einer Liege ruhte Königin Teje, die mir hasserfüllt entgegenblickte, während Pentawer mit müden, leeren Augen auf mich zu kam. Langsam schloss er mich in seine Arme, während er mich fragend anblickte. Sein Blick sagte mir alles. Die stumme Frage blieb unausgesprochen – Warum hast du mich verraten? - Wenn er mich in diesem Augenblick gefragt hätte, ich hätte ihm keine Antwort geben können. Ich wusste es nicht. Ich fühlte nur, dass es sich damals richtig angefühlt hatte. Meine jetzigen Zweifel und Gewissensbisse änderten nichts mehr. Was geschehen war, war geschehen.

Dafür zischte Teje mich verächtlich an: „Die falsche Schlange, die sich Oberpriesterin der Isis nennt. Sieh sie dir an. Ihr hast du deinen Tod zu verdanken."

„Hör auf, Mutter", erwiderte Pentawer sanft. „Wir haben gespielt, und wir haben verloren. Den Preis haben wir vorher gekannt. Den Thron oder den Tod."

„Es sollte der Thron sein und nicht der Tod", fauchte Teje zornig, während sie auf mich zukam und mich an meinen Haaren von Pentawer fortzuzerren versuchte. Doch dieser hielt mich fest umklammert. Keiner der beiden wollte nachgeben. Beinahe befürchtete ich, sie würden mich zerreißen. Als der Schmerz in meinem Haar unerträglich wurde, packte ich das Bündel Haar, in dem Teje sich festgekrallt hatte, und versuchte es ihr zu entreißen. Schließlich gab die Königin nach, ließ das Büschel los und griff dafür nach meinem Kleid, um mich von ihrem Sohn wegzuziehen. Dabei zerriss der Stoff und gab meine Schulter frei.

Plötzlich durchdrang ein entsetzter Schrei den Raum. Die Königin ließ von mir ab, taumelte rückwärts zu ihrer Liege und starrte mich mit angsterfüllten Augen an.

Pentawer zog mich erneut sanft an sich. „Mein schwarzer Panther, meine göttliche Isis. Keine Frau habe ich je so geliebt wie dich. Was immer du getan hast, ich verzeihe dir. Ich musste tun, was das Schicksal von mir forderte. Und du musstest tun, was die Götter von dir verlangten. Es ist gut, wie es gekommen ist, denn es war der Wille der Götter. Dass ich dich in all die Intrigen mit hineingezogen habe, tut mir leid. Das habe ich nie gewollt. Ich habe niemandem gesagt, was du gewusst, was du gesehen hast. Du musst dir also keine Sorgen machen. Niemand wird dich beschuldigen können."

„So wie Schai niemand etwas nachweisen kann?", fragte ich vorsichtig, denn ich war mir seiner Schuld gewiss.

„Was soll all das noch? Ja, auch ihn habe ich nicht verraten. Wem würde es nützen, ihn zu Fall zu bringen?"

Ich nickte stumm. „Niemandem."

„Geh weg von ihr. Mein Sohn, geh weg von ihr. Sie ist ein Dämon, der Verderben bringt", flüsterte Teje vor Angst zitternd. Beide wandten wir unsere Blicke der Königin zu.

„Was redest du da, Mutter. Lass uns die letzten Stunden unseres Lebens in Würde verbringen. Anuket ist kein Dämon."

„Doch", beharrte Teje auf ihrer Meinung. „Sie ist ein Dämon, zurückgekehrt aus dem Reich des Osiris, um Rache zu üben."

„Wofür sollte sie Rache üben? Du redest wirr. Lass uns Frieden schließen mit unserem Schicksal, denn schon bald werden wir vor dem ewigen Gericht stehen."

In diesem Augenblick bewunderte ich Pentawer zum ersten Mal, seit ich ihn kannte, wirklich. Seine Art sich mit seinem Tod abzufinden, flößten mir Respekt ein.

Doch Teje starrte mich noch immer kreidebleich und voll Entsetzen an. „Sie trägt das Zeichen der Isis auf der Schulter. Dieses Zeichen kann es in ganz Ägypten kein zweites Mal geben."

„Ich habe dir doch erzählt, dass Isis sie gezeichnet hat, als ich sie Vater als neue Oberpriesterin der Göttin vorschlug. Was ist jetzt plötzlich so furchterregend daran?"

Doch Teje wollte sich nicht beruhigen.

„Wenn du in das Totenreich zurückkehrst, Dämon, dann sage deinem Vater, dass ich ihn geliebt habe, dass ich aber nicht anders handeln konnte, sonst wären wir beide in den Abgrund gestürzt. Sag ihm, es tut mir leid."

Während Pentawer seine Mutter verständnislos anblickte und ihre irren Reden der Angst vor dem nahen Tod zuschrieb, begann ich allmählich eine dunkle Ahnung von dem zu bekommen, wer jener junge Nubier aus meinen Träumen war und was er von mir wollte – Rache. Mich, seine Tochter, hatte er dazu bestimmt, sich an denen zu rächen, die ihm Unrecht getan hatten. Und er hatte seinen Willen bekommen, denn ich hatte meine offensichtliche Mutter und meinen wahrscheinlichen Halbbruder verraten, hatte sie dem Tod überantwortet. Grenzenloses Entsetzen erfasste mich, denn nun endlich begriff ich. Meine Mutter hatte meinem Vater die Schuld an ihrem Fehltritt zugeschoben und mich dem Tod überantwortet, um alle Spuren zu verwischen und Pharaos Gattin werden zu können. Doch mein Vater hatte mich auch nicht besser behandelt, denn er hatte mich zum Werkzeug seiner Rache ausersehen.

„Nicht ich bin der Dämon, Königin Teje, sondern Ihr, die Ihr Euer eigen Fleisch und Blut habt ertränken lassen wollen. Nur die Schwingen der Isis haben mich vor dem Tod bewahrt. Doch zeit meines Lebens hat Seth, der beim Tod meines Vaters angerufene Gott, an mir gezerrt und mich in die Finsternis seines Reichs zu ziehen versucht. Verflucht sollt ihr beide sein, die ihr euer Kind diesen Mächten überantwortet habt. Nie habe ich verstanden, warum ich so zerrissen bin, zwei verschiedene Personen in mir leben und wirken – bis heute. Jetzt begreife ich endlich, doch das wird an meinem Leben nichts ändern, denn diese Zerrissenheit wird mich bis zu meinem Tod begleiten."

Angewidert drehte ich mich zu Pentawer um, schaute ihn zärtlich an und sagte: „Es tut mir so leid. Ich wünschte, ich könnte Euch retten, denn Ihr seid ebenso ein Opfer dieser herrschsüchtigen

Familie wie ich. Aber ich kann es nicht. Es liegt nicht in meiner Macht. Verzeiht mir. Cherti möge Euch sicheres Geleit ins Totenreich geben, Amhehu Euch gnädig sein und Ammit Euer Herz verschonen. Dafür bete ich."

Mit Tränen in den Augen wandte ich mich ab und gab den Wächtern zu verstehen, dass ich zurück in mein Gemach begleitet werden wollte.

Noch am gleichen Abend starben Königin Teje und ihr Sohn. Noch immer unter Schock stehend, war die Königin die Erste, die sich mit einem Dolch die Pulsadern aufschnitt, um das Leben aus sich rinnen zu lassen. Pentawer folgte ihr, nachdem er sicher war, dass seine Mutter im Reich der Toten angekommen war. Nur mein ach so stolzer Großvater schaffte es nicht, sich selbst zu töten. Ein Diener musste ihm zur Seite stehen. Mit einem raschen Schnitt durchtrennte er ihm die Kehle.

So fand ich meine Familie, um sie sogleich an Osiris zu verlieren. Doch wer brauchte schon solch eine Familie?

26.

Mit Gleichmut erfüllt, wartete ich in meinem Gemach auf die Dinge, die folgen würden. Wann endlich würde man entscheiden, was mit mir geschehen sollte? Warum hatte man mich nicht ebenfalls vor Gericht gestellt und verhört? Ich wusste es nicht, sondern fragte mich nur immer wieder, warum gerade ich dazu ausersehen worden war, zum Spielball der Götter zu werden? Was würde Petbe, der Gott der Rache, mir noch antun, bevor ich endlich Frieden fand? Eine tiefe Todessehnsucht hatte mich erfasst, die meinen Geist in Lethargie und Trübsinn führte. Es erreichte mich kaum, dass Neith mir berichtete, dass Pharao Ramses III. mit allen Ehren im Tal der Könige beigesetzt worden war, während seinem Sohn Pentawer ein ehrenvolles Begräbnis versagt bleiben sollte, eine der schrecklichsten Strafen für einen gläubigen Ägypter. Zwar hatte man seinen Körper mumifiziert, da er trotz allem ein Prinz von königlichem Geblüt war, doch seine sterblichen Überreste wurden mehr oder weniger schmucklos, ohne die üblichen Feierlichkeiten in einer grauen Höhle beigesetzt. Mit den sterblichen Überresten Tejes hatte man noch weniger Einsehen. Ihre Leiche wurde im Wüstensand verscharrt, um ihr jede Chance auf ein Leben nach dem Tod zu rauben. So endete die Geschichte des Attentats auf Pharao Ramses III., die fast ein Viertel der Elite des Landes als Mitverschwörer in den Tod gerissen hatte.

Gleich nach der Beisetzung des Pharaos ließ sich sein ältester Sohn Chaemwaset zum neuen Pharao Ägyptens krönen und gab sich den Thronnamen Ramses IV.

Und noch immer saß ich in den Gemächern des Palasts fest und wartete darauf, was mit mir geschehen sollte. Doch erst nachdem alle Beisetzungszeremonien und Krönungsfeierlichkeiten beendet waren, wurde ich zu der großen Königsgemahlin geführt, die mich im Thronsaal des Palasts empfing. Hoheitsvoll thronte sie auf dem Sessel neben dem Horusthron, woraus ich schloss, dass dies ein offizieller Empfang war.

„Eure Majestät." Pflichtbewusst verneigte ich mich vor der Mutter unseres neuen Pharaos.

„Oberpriesterin der Isis." Die Königinmutter erwiderte meine Begrüßung mit einem leichten Kopfnicken, während sie mir einen Platz auf einem Hocker unterhalb des Throns mit ihrer Hand zuwies.

Ein leiser Seufzer entrang sich ihrer Kehle. „Es ist schwer, aus dir schlau zu werden, Oberpriesterin. Wenn ich ehrlich bin, werde ich es nicht. Du warst die Geliebte des Prinzen, dessen Namen niemand mehr nennen darf, ohne für immer verflucht zu sein. Trotzdem hast du ihn verraten. Erkläre mir das. Ich verstehe es nicht."

„Da gibt es nicht viel zu erklären, Eure Majestät. Mein Verhältnis mit dem Prinzen entsprang einer persönlichen Leidenschaft, die wohl jede Frau zuweilen verspüren mag. Gewiss, nicht jede gibt ihr nach. Doch ich wurde von den Göttern so geschaffen, dass ich ihr nicht widerstehen konnte.

Eure Majestät möge mir diesen Mangel an Tugend verzeihen. Aber letztendlich bin ich als Priesterin zuerst den Göttern und ihrem Willen verpflichtet, Leidenschaft hin oder her. Ich habe getan, was Isis, meine oberste Herrin, von mir verlangte, nämlich den Kronprinzen zu retten. Mehr kann und will ich dazu nicht sagen."

Die Königinmutter zog die Stirn in Falten.

„Wusstest du von dem Prinzen ohne Namen von dem geplanten Attentat?"

Ich schüttelte energisch den Kopf. „Nein, darüber hat er mit mir nie gesprochen, lediglich häufiger erwähnt, dass er der bessere Kronprinz sei", log ich. „Doch dem habe ich nie wirklich Bedeutung beigemessen. Das, was mich warnte, habe ich im Feuer und Nebel des Orakels gesehen, nämlich dass jemand Euch und Euren Söhnen nach dem Leben trachtete. Mir war klar, was ich zu tun hatte, ganz gleich, welche Folgen dies für Pentawer haben würde. Das ist die Wahrheit."

Erneut seufzte die Königinmutter schwer. Schließlich meinte sie unsicher: „Ich würde dir nicht einen Augenblick lang Glauben schenken, wenn ich nicht mit eigenen Augen gesehen hätte, welche Kraft und Macht die Götter durch dich wirken lassen. Daher ist es schwer zu sagen, ob du die Wahrheit sprichst. Doch als kluger Mensch vermeidet man es besser, den Göttern in die Quere zu kommen. Alles, was du getan hast, kann so oder so ausgelegt werden. Nichts ist eindeutig an dir, fast so, als ob zwei ganz verschiedene Mächte durch dich ihre Ziele verwirklichen wollten und du einmal der einen, dann wieder der anderen Macht folgst. Doch all das spielt jetzt keine Rolle. Tatsache ist, dass dir niemand mehr wirklich trauen kann, dich aber auch niemand zu verurteilen wagt, aus Angst die Götter zu erzürnen. Darum hat Pharao in seiner Weisheit beschlossen, dir dein Leben zu lassen, um den Zorn der Götter nicht auf sich zu lenken. Doch du kannst weder in dein Amt als Oberpriesterin der Isis zurückkehren, noch in diesem Land bleiben. Pharao hat nicht vergessen, dass du ihm, mir und seinem Bruder das Leben gerettet hast. Darum wird er dir ausreichend Gold geben, damit du in einem anderen Land neu beginnen kannst. Aus Kemt aber bist du für den Rest deines Lebens verband. Binnen eines Zeitraums von sechzig Tagen musst du Ägypten verlassen haben, sonst wird er dich töten lassen. Bringe deine Angelegenheiten in Ordnung und geh, Oberpriesterin der Isis."

Unter ihrem Gewand zog die Königinmutter einen prall gefüllten Beutel mit Goldstücken hervor, den sie mir vor die Füße warf. Mit einem Blick erkannte ich, dass dies mehr war, als ich für den Rest meines Lebens brauchen würde. Und ich wusste, dass mir sechzig Tage reichen würden, um das zu Ende zu bringen, was getan werden musste.

Mein erster Weg führte mich zu Nefer, meiner Tante, nachdem ich Neith in Memphis die Freiheit und einige Goldstücke für eine sichere Zukunft geschenkt hatte. Meine Tante war alt geworden. Traurig blickte sie mich an, als ich unvermittelt vor ihrer Hütte stand.

„Du hast es also schon gehört?"

„Was soll ich gehört haben?"

Verwirrt wischte meine Tante die Tränen aus dem Gesicht. „Dein Vater, er ist vor ein paar Tagen gestorben. Die Bewohner des Dorfs haben ihn morgens tot in seinem Bett gefunden. Sein Herz muss in der Nacht einfach aufgehört haben zu schlagen."

Ich nickte bestürzt. Dies nahm mir immerhin eine Sorge, denn es hätte mich wirklich betrübt, den alten Mann hilflos und allein in Ägypten zurückzulassen.

„Es ist traurig, aber für ihn vielleicht besser so. Sorge für eine würdige Bestattung seiner Mumie. Gold dafür werde ich dir ausreichend dalassen. Doch deswegen bin ich nicht gekommen, Nefer. Ich muss mit dir sprechen, und zwar jetzt. Und diesmal musst du mir die Wahrheit sagen."

Nichts Gutes ahnend, hob meine Tante den Vorhang vor ihrer Hütte beiseite und ließ mich eintreten. Nachdem sie mir einen Becher mit billigem Bier gereicht hatte, setzte sie sich auf den zweiten freien Hocker und schaute mich fragend an.

„Ich muss es wissen, Nefer. War die Königin Teje meine Mutter? Du kannst es mir jetzt ruhig sagen, denn alle, denen du damit hättest schaden können, sind zwischenzeitlich tot."

Nefers Blick ruhte lange und forschend auf mir. Schließlich meinte sie resignierend: „Wozu willst du es dann wissen, Kind? Wem nützt die Wahrheit jetzt noch?"

„Mir", antwortete ich energisch. „Ich muss die Wahrheit wissen, um mich selbst verstehen zu können. Und nur du kannst mir alle Zweifel nehmen."

Seufzend nickte Nefer. „All das ist schon so lange her, Anuket. Aber ja, Königin Teje hat dich geboren. Doch sie hat vom ersten Augenblick an keinerlei Muttergefühle für dich empfunden. Du warst ihr gleichgültig. Allein das Muttermal auf deiner Schulter hat für einen Augenblick ihr Interesse geweckt. Dann hat ihre Dienerin dich mir gegeben. Ich sollte den Auftrag des Wesirs Ta ausführen und dich den Fluten des Nils überantworten. Doch das brachte ich nicht über mich, und schon gar nicht, nachdem ich gesehen hatte, dass Isis dich mit ihrem Zeichen versehen hatte, um dich zu schützen. Doch auch so hätte ich es vermutlich nicht über mich gebracht. Also brachte ich dich zu meiner Schwester, denn ich wusste, dass sie und ihr Mann dir gute Eltern sein würden."

Ich nickte stumm, dachte über das Gehörte einen Augenblick lang nach. Ich sah sie vor mir, die junge Teje, dem Pharao versprochen und ungewollt schwanger geworden. Ihr drohte nicht nur der Ehrverlust, sondern auch der Tod, wenn herausgekommen wäre, dass sie nicht mehr unberührt war. Für sie hatte es daher nur eine Lösung gegeben, nämlich das ungewollte Kind für immer verschwinden zu lassen, ebenso wie den lästig gewordenen Liebhaber. Und noch wichtiger muss es dem Wesir gewesen sein, die Liebschaft seiner Tochter zu verschleiern. Wie wäre er sonst vor Pharao dagestanden. Der Verlust seiner Ämter wäre ihm gewiss gewesen.

„Weißt du etwas über meinen Vater?", forschte ich schließlich weiter.

„Nur das, was ich während deiner Geburt von den Dienerinnen aufgeschnappt habe. Der Wesir muss deinen Vater beseitigt haben, wie und wo weiß ich jedoch nicht."

Aber ich wusste es plötzlich, denn ich sah die Szene deutlich vor mir, den jungen Nubier, dem der Wesir eigenhändig den Kopf abschlug. Dieser hatte, bevor sein Kopf fiel, die ganze Familie Tejes verflucht und mich, sein Kind, Seth und der Rache geweiht. Seither stritten Isis und Seth sich in mir um mich. Beide waren ein Teil von mir geworden, und keiner von ihnen würde je aus mir weichen.

Ich dankte Nefer für ihre Bestätigung meiner Annahme und erkundigte mich dann danach, was aus meiner Tochter geworden war. Nefer versicherte mir, dass sie in der Familie, die sie aufgenommen hatte, gut aufgehoben sei und ein Leben ohne Not würde führen können. Als ich sie bat, sie mich nur ein einziges Mal aus der Ferne sehen zu lassen, blieb sie jedoch hart.

„Glaub mir, es ist besser, wenn du sie nicht mehr siehst. Sie ist jetzt das Kind einer wohlhabenden Grundbesitzerfamilie und glücklich. Bring ihr Leben nicht durcheinander." So sollte also Pentawers und meine Tochter unbedarft als Tochter eines Grundbesitzers aufwachsen, von Geburt her eine Prinzessin Ägyptens und Tochter eines Verräters. Ich wünschte ihr, dass sie nie die Wahrheit über ihre Herkunft erfahren würde. Nur dass ich sie liebte und immer lieben würde, das hoffte ich, würde sie spüren.

Ich blieb noch zwei Tage bei Nefer, wohl wissend, dass ich sie das letzte Mal in meinem Leben gesehen haben würde. Dann setzte ich meine Reise nach Abydos fort. Es war der letzte Ort, den ich zu besuchen gedachte, bevor ich dem Land Kemt für immer den Rücken kehren wollte.

27.

Der Tempel des Seth lag weit außerhalb aller Dörfer inmitten der Wüste. Wehmütig erinnerte ich mich daran, wie ich mit Pentawer einst dorthin aufgebrochen war und wir uns nach dem Besuch des Tempels zum ersten Mal im Wüstensand geliebt hatten. All dies schien mir unendlich weit zurückzuliegen. Dennoch schmerzten die Erinnerungen, denn bei genauerem Betrachten war mein Halbbruder Pentawer vielleicht der Einzige gewesen, der mich nie betrogen, mir nie etwas vorgemacht hatte. Und ich hatte ihn verraten. Es zog mir bei diesem Gedanken das Herz zusammen, während ich mich mühsam Schritt für Schritt durch den Wüstensand kämpfte. Im gleißenden Licht der untergehenden Sonne erreichte ich schließlich den Tempel. Goldglänzend ragten seine beiden Eingangspylonen dem Himmel entgegen. Hier waren Untergang und Zerstörung zu Hause, von hier ging das Böse aus, das in mir wohnte. Ich musste es bezwingen, um endlich frei zu sein. Jedenfalls redete ich mir das ein, denn ich wollte daran glauben, dass es Hoffnung für mich gab.

Während ich durch das Eingangsportal schritt, fühlte ich die Blicke der Priester, die sich gleich zum Abendgebet versammeln würden, auf mir ruhen. Ich achtete nicht auf sie, sondern ging zielstrebig auf die große Tempelhalle zu, in der ich den Oberpriester zu finden hoffte.

Ich fand Schai knieend vor der Statue seines Gottes vor. Instinktiv musste er meinen Blick gespürt haben, denn blitzartig wandte er den Kopf um und schaute mich mit seinen dunklen Augen forschend an.

„Die Oberpriesterin der Isis! Was verschafft mir die Ehre deines Besuchs, Anuket? Bist du gekommen, um Seth, dem größten aller Götter zu huldigen? Siehst du endlich, dass er dein wahrer Herr ist?"

Zwangsläufig entrang mir seine Frage ein Lächeln. „Ich bin gekommen, um Antworten zu erhalten."

„Was für Antworten? Du weißt doch schon alles. Der Umsturz ist dank deiner Warnung gescheitert. Du hast Seth verraten."

„Wohl eher dich und deine Machenschaften", erwiderte ich sarkastisch. „Wie hast du nur so viel Macht über Pentawer gewinnen können? Wie konnte er dir nur so blind vertrauen?"

Ein hämisches Grinsen zeichnete sich auf Schais Gesichtszügen ab. „Mein Name ist Schai, genannt nach dem Gott des Schicksals. Und Schicksal wollte ich spielen. Ich kannte den Wesir Ta bereits seit meinen Kindertagen. Wir sind quasi miteinander aufgewachsen. Er war schon immer ein ehrgeiziger, aber engstirniger und stolzer Mann. Ihm die Idee einzuträufeln, sein Enkel wäre gewiss ein besserer Pharao als der Kronprinz Chaemwaset, dem Sohn einer Fremden, die nicht nur ägyptischen, sondern auch fremden Göttern huldigte, war daher einfach. Noch einfacher war es, Pentawers Vertrauen zu gewinnen. Er war so leicht zu manipulieren, glaubte bald selbst daran, dass er der bessere Horus im Nest wäre als sein

Halbbruder Chaemwaset. So nahm das Schicksal seinen Lauf."

„Und was hast du dir von diesen Manipulationen versprochen? Was sind deine Motive?"

Schai lachte schallend auf. „Weißt du das noch immer nicht, Priesterin? Pentawer war Wachs in meiner Hand. Durch ihn hätte ich regiert, der Oberpriester des Seth. Und ich hätte meinen Gott groß gemacht und Horus, den Herrn über das schwarze Land, in die Flucht geschlagen. Seth hätte unter meinem Einfluss nicht nur Herr der Wüste, sondern auch Herr über Kemt werden können und hätte letztendlich den Sieg über Osiris, Isis und Horus errungen. Das war meine Mission, die du verraten hast. Warum hast du das getan, Anuket? Ich verstehe es bis heute nicht. Aber wenn ich dich anschaue, in deine Augen blicke, dann sehe ich das Feuer meines Gottes noch immer darin brennen. Du bist ein Kind Seths, ob du es willst oder nicht. Wie leicht war es doch, dir durch Pentawer den Gedanken einzuhauchen, Meritre zu ermorden und ihren Platz einzunehmen. Du hast sie doch ermordet, Anuket? Und du bist sehr geschickt dabei vorgegangen, das muss ich dir lassen."

Zorn flammte in mir auf. Wie sehr hasste ich diesen Mann, der die Menschen so zu manipulieren verstand, dass selbst ich auf seinen Hinterhalt hereingefallen war.

„Ja, ich habe sie ermordet. Das ist wahr. Und ich fühle mich schuldig ihretwegen. Auch habe ich es geschehen lassen, dass man Pharao ermordete, obwohl ich hätte warnen und es verhindern können. Warum, das weiß ich selbst nicht so genau. Es schien mir, als müsste es geschehen, damit sich in diesem Land etwas ändert, damit der Arbeiter endlich wieder für seine Arbeit entlohnt wird, anstatt dass die Tempel immer reicher und mächtiger werden, während die Armen Hungers sterben. Ja, an Pharaos Tod trage ich eine Mitschuld. Aber dass die große Königsgemahlin und ihre beiden Söhne ebenfalls sterben, das konnte ich nicht zulassen. Sie waren unschuldig an dem, was Kemt langsam zerstört hat. Was die Zukunft diesem Land unter einem Ramses IV. bescheren wird, das mag dahingestellt sein und tangiert mich nicht mehr. Wenn ich hier fertig bin, dann mögen die Götter meinem Ka und Ba gnädig sein. Du aber, Schai, du bist der Ursprung des Bösen. Du hast die Menschen, die dir vertrauten, benutzt und mit ihnen gespielt wie mit Figuren auf einem Brettspiel. Wenn sie fallen, nun, dann fallen sie eben. Es gibt neue Spielfiguren, die man einsetzen kann."

„Da hast du wohl recht. Eine dieser Figuren war Ramose, der Bauer, der mit Mist zwischen den Fußzehen geboren wurde." Die Verachtung in seiner Stimme war nicht zu überhören.

Ich fühlte, dass er mich treffen wollte, dass er genau wusste, was Ramose mir einmal bedeutet hatte.

„Aber er hat dein Spiel nicht so mitgespielt, wie du es wolltest. Du hast ihn auf mich angesetzt, aber er hat dir nie wirklich etwas über mich erzählt. Ist es nicht so?"

„Dieser dumme Narr. Ein Bauer bleibt eben ein Bauer, auch wenn er das Gewand eines Priesters trägt. Ihn haben Macht und Größe nie interessiert. Über den Wunsch, seine Mutter mit ihren Bälgern durchzubringen, ist sein Ehrgeiz nie hinausgewachsen. Und über seine Liebe zu dir schon gar nicht."

„Und diese Liebe hat dich gestört, denn sie hat zwischen dir und deiner Macht über ihn gestanden."

„Was gab es da anderes, als einen Keil zwischen euch zu treiben. Du hast mir dabei sehr geholfen, weil du dich dem Prinzen hingegeben hast. Ihm habe ich meine Geliebte, die größte Hure von Abydos, zur Frau gewählt und ihm später auch noch meinen Bastard unterzuschieben versucht. Leider sind die beiden gestorben. Ohne es zu ahnen, hast du Ramose durch deine Untätigkeit einen großen Gefallen getan. Der Schmerz, den deine Liebschaft mit dem Prinzen ihm zugefügt hat, machte ihn für einige Zeit willig, mir zu folgen. Doch auch das währte nicht allzu lange, und er ist dir wieder gefolgt wie ein Hund. Ja, Anuket, du hast schon etwas an dir, was Männer berauschen kann. Tun wir uns zusammen, und wir werden dieses Land nach unseren Wünschen umgestalten. Die Menschen bewundern dich wegen deiner Kräfte, die du in dir hast. Mich fürchten sie, weil ich meinen Gott mehr als alles andere liebe."

„Niemals!", antwortete ich bestimmt und trat auf Schai zu. „Einem wie dir würde ich nie folgen. Und ich werde es auch nicht zulassen, dass du weiter Unfrieden in diesem Land stiftest."

Als ich unmittelbar vor ihm stand, zog ich den Dolch unter meinem Gewand hervor und stieß mit aller Kraft, die ich aufbringen konnte, zu. „Da, Seth, bringe ich dir dein letztes Opfer, du Gott der Zerstörung. Nimm es, und weiche endlich von mir."

Ich sah, wie Schai sich an den Leib fasste, während seine Augen mich fassungslos anstarrten. Mit dieser Attacke hatte er nicht gerechnet.

Ich lächelte ihn böse an, während ich spürte, wie Seth erneut von mir Besitz ergriff. In diesem Augenblick wusste ich, dass ich ihn nie würde aus mir verdrängen können. „Ja, Schai, Seth ist deiner überdrüssig. Du hast versagt. Er braucht dich nicht mehr."

Ich sah, wie der Oberpriester des Seth vor mir zusammenbrach. Dann fühlte ich nur noch, wie sich das altbekannte Zittern meiner bemächtigte, bevor ich umfiel und ein Krampfanfall mich in das Reich des Vergessens entführte.

Als ich wieder zu mir kam, hüllte mich eine warme Abendbrise ein. Das Plätschern von Wellen drang an mein Ohr und hatte eine beruhigende Wirkung auf mich. Ich schaute mich um und erkannte, dass ich mich auf einer Dhau mitten auf dem Nil befand, die gegen den Strom Richtung Süden segelte. Am Bug der Dhau stand ein Fischer, der das Segel hielt und seinen Blick strikt nach Süden gerichtet hatte. Langsam rappelte ich mich empor. Durch die Geräusche alarmiert, wandte der Mann sich zu mir um.

„Anuket, da bist du ja wieder. Ich habe schon befürchtet, du würdest nie mehr aufwachen."

Fassungslos starrte ich in Ramoses Gesicht.

„Wie komme ich hier her? Was hat das alles zu bedeuten?", fragte ich überrascht.

„Das ist schnell erzählt. Ich fand dich ohnmächtig im Tempel vor dem Abbild des Seth, als ich Schai zum Abendgebet abholen wollte. Der Oberpriester des Seth war tot, erdolcht. Du hast ihn getötet, nicht wahr?"

Ich nickte, mich langsam erinnernd.

„Das dachte ich mir. Du hast getan, wozu ich nie den Mut hatte. Ich wusste, als ich dich fand, dass ich jetzt schnell handeln musste. Es gibt einen alten, geheimen Gang im Innersten des Tempels, den nur die beiden obersten Priester des Seth kennen. In ihn habe ich die Leiche des Oberpriesters gelegt und dann dich geholt und den Gang wieder verschlossen. Das Geheimnis um das mysteriöse Verschwinden der drei Personen, die den Tempel betreten und nicht wieder herausgekommen sind, wird gewiss schon bald Anlass zu den wildesten Spekulationen geben. Die Dichtung um die göttliche Macht kennt in der Fantasie der Menschen keine Grenzen, auch wenn sie den wenigsten wirklich begegnet. Jedenfalls habe ich dich durch den Gang nach draußen gebracht. Der Gang endet an einem alten Grab eines Adligen. Von dort habe ich dich bei Einbruch der Dunkelheit in einem geliehenen Karren zum Nil gebracht, einem Fischer seine Dhau von meinen letzten Ersparnissen abgekauft und die Kleider eines Priesters gegen die eines Fischers getauscht. Und nun sind wir hier und segeln nach Süden."

„Das hättest du nicht tun sollen", brachte ich stockend hervor. Meine ganze Enttäuschung wegen Ramoses Verrat, mein Zorn auf ihn, flogen dahin. „Ich werde dir kein Glück bringen, Ramose. Ich bin ein Mensch mit zwei Gesichtern. Zwei ganz verschiedene Personen wohnen in mir, und ich kann nie sagen, welche mich gerade beherrscht. Wenn Seth in mir die Oberhand gewinnt, und das tut er immer wieder, dann bin ich zu allem fähig. Das Böse ist in mir, ebenso wie das Gute der Göttin Isis. Das macht mich gefährlich und unberechenbar. Bring mich zurück, Ramose, damit ich mich meiner Verantwortung stellen kann. Und denk an deine Familie, die du immer unterstützt hast. Was sollen sie ohne dich anfangen?"

„Ja, ich habe sie immer unterstützt. Aber meine Mutter ist tot. Meine Geschwister sind inzwischen groß und haben eigene Familien. Es wird Zeit, dass sie lernen, auf eigenen Füßen zu stehen. Nein, Anuket, ich habe mich mein Leben lang nach dir gesehnt. Dieser Traum wird jetzt Wirklichkeit. Wir werden nach Nubien gehen, wo uns keiner kennt. Wir werden dort ein neues Leben beginnen als Mann und Frau, so wie du es dir immer gewünscht hast. Die Zukunft gehört nur uns beiden."

„Und dein Gott?"

„Es werden andere kommen, die ihn ehren."

„Du weißt nicht, worauf du dich da einlässt. Ich werde immer zerrissen sein. Das habe ich in dem Augenblick begriffen, als ich Schai tötete. Ich hatte gehofft, mit ihm auch den Fluch zu töten, der auf mir lastet. Doch diesen Fluch werde ich nie besiegen können. Er ist das Vermächtnis meines Vaters, der das Böse heraufbeschworen hat."

„Das ist mir gleichgültig, Anuket. Ich liebe dich, so wie du bist. Was immer die Götter uns für ein Schicksal bescheren werden, eins steht für mich fest. Ich lasse dich nie wieder los."

Was sollte ich darauf erwidern? Alles, wovon ich mein Leben lang geträumt hatte, lag plötzlich in greifbarer Nähe. Gold hatte ich mehr als genug für einen Neubeginn. Warum sollte ich mich dagegen sträuben? Ich spürte das Zeichen der Isis brennend auf meiner Schulter. Hatte ich nicht auch Gutes zu geben? Ich konnte Menschen heilen, die sonst keine Hilfe fanden. Und ich konnte wahre Liebe empfangen und erwidern. War das nicht mehr, als die meisten Menschen je finden würden? Alles Weitere würde die Zukunft zeigen.

Zu der Geschichte

Ramses III. lebte von 1221 v. Chr. bis 1156 v. Chr. Er übernahm am 17. Peret III. 1188 v. Chr. die Herrschaft über Ägypten und wurde am 26. Schemu I. 1187 v. Chr. gekrönt.

Er zählt zu den letzten großen Herrschern Ägyptens und gehörte der 20. Dynastie an. Sein großes Vorbild war einer seiner Vorgänger, Ramses II., den er in vielem zu imitieren versuchte.

Seine Regierungszeit ist vor allem durch Verteidigungskämpfe gekennzeichnet, mit denen er die Nordgrenzen seines Reichs vor heranstürmenden Seemächten verteidigen musste.

Während seiner Regierungszeit entstanden unzählige Baudenkmäler, insbesondere in Abydos, Heliopolis, Karnak und Theben West. (Medinet Habu). Unter ihm formierte sich auch 1159 v. Chr. der erste in der Geschichte bekannte Streik von Arbeitern, die sich weigerten weiterzuarbeiten, wenn sie nicht ihren ihnen zustehenden Lohn erhielten.

Ramses III. kam in seinem 32. Regierungsjahr durch eine Haremsverschwörung ums Leben. Eine seiner Frauen, Königin Teje, wollte ihren Sohn Pentawer auf den Thron bringen und zettelte darum den erfolgreichen Mordversuch an Pharao Ramses III. an. Doch ihr Ziel erreichte sie nicht. Die Verschwörer, darunter einflussreiche Personen aus der Familie des Pharaos, Würdenträger des Hofs, der Armee und der Haremsverwaltung, sowie Konkubinen wurden festgesetzt und vor Gericht gestellt. Alle wurden verurteilt. Prinz Pentawer musste Selbstmord begehen.

Ramses III. folgte ein Sohn der großen Königsgemahlin Isettahemdjert als Ramses IV. auf den Thron. Weitere Nachfolger mit dem Namen Ramses folgten. Doch keiner konnte das Land mehr zu seiner einstigen Größe zurückführen.

weitere Romane der Autorin Birgit Furrer-
Linse:

…denn der einzige wahre Gott Ägyptens ist der
Nil

Die Ägypter gaben ihr den Namen Nofretete

Die Seherin des Amun

Semiramis, Herrin von Assur

Ich, al Mansur, Herr über Cordoba

Steppenbrand – Die Erben des Dschingis
Khans

Die Kurtisane von Rom

Valeria Messalina, Kaiserin von Rom

Härter als Krebs

Leseprobe

Steppenbrand – Die Erben des Dschingis Khans

Schneeflocken wurden von einem kalten, heulenden Wind herumgewirbelt, der über die weiße Ebene fegte. Sie hüllten das riesige Feldlager fast völlig ein, das sich vor den Mauern der Stadt Kiew ausgebreitet hatte. Klirrende Kälte ließ an diesem frostigen Dezembermorgen den Atem von Mensch und Tier zu weißem Dampf gerinnen. Doch selbst dieses menschenfeindliche Klima hatte das Leben im Lager nicht zum Erliegen bringen können. Seit dem Einsetzen der Morgendämmerung waren Handwerker damit beschäftigt, die mitgeführten Gerüste und Sturmblöcke des Heers zusammenzusetzen.

Eine große Zahl dieser Handwerker waren dürftig bekleidete, aneinandergekettete Sklaven, die ihre harte Arbeit bei jedem Wetter erledigen mussten. Bewacht wurden sie von den strengen Blicken kleiner, stämmiger Männer, die in lange Überröcke gehüllt waren und dicke Pelzmützen auf dem Kopf trugen. Unter diesen Überröcken verbargen sich Lederrüstungen, die die gedungenen Körper der Männer noch stämmiger wirken ließen. An ihren Gürtel hingen lange Schwerter, auf den Rücken hatten sie Köcher mit Pfeilen und Bogen hängen, und in ihren Händen hielten sie Lanzen, stets dazu bereit, sie jederzeit zu gebrauchen. Ihre Gesichter zeigten grimmige

Entschlossenheit. Ihre schmalen, schlitzförmigen Augen schienen keine Bewegung der ihrer Aufsicht unterstellten Gefangenen zu entgehen. Mitleidlos trieben sie die Sklaven zur Arbeit an. Sobald einer der Gefangenen erschöpft zusammenbrach, wurde er von einer der Lanzen durchbohrt, abgekettet und auf einen Haufen geworfen, auf dem sich bis zum Abend ein Berg von Leichen türmen würde. Doch dieses grausame Aussiebverfahren war für die geschundenen Sklaven längst zum Alltag geworden. Nur der Starke überlebte. Für den Schwachen gab es in der Welt ihrer Peiniger keinen Platz. Darum war es für jeden der gefangenen Männer nur noch eine Frage der Zeit geworden, wann auch ihn das Schicksal des neben ihm gerade Hingerichteten ereilen würde. Ob früher oder später, irgendwann würde jeden der Überlebenswille verlassen und er sich hinlegen, um auf einem solchen Leichenberg sein Grab zu finden. War es nicht überhaupt ein Wunder, dass einige von ihnen noch lebten?

Fast zwei Jahre war es her, dass die Mongolen Moskau eingenommen hatten. Wer ihrem blutigen Gemetzel nach dem Fall der Stadt entgangen war, den hatten sie in Ketten fortgeführt. Die Entbehrungen und Leiden, die die Gefangenen seither hatten erdulden müssen, waren unvorstellbar. Zur harten Fronarbeit hatten sich nicht nur Hunger und Kälte gesellt, sondern bald auch Hoffnungslosigkeit. Eine russische Stadt nach der anderen war den Eroberern in die Hände gefallen. Und nach jedem Fall hatten die Mongolen ihre Warnung wahr gemacht. Wer sich nicht freiwillig unterwarf, der durfte auf keine Schonung hoffen. Verbrannte, entvölkerte Städte und Dörfer waren dann alles, was das mongolische Heer zurückließ. Wie viele solcher Niederlagen und anschließenden Vernichtungen hatten sie inzwischen erlebt? Schon deshalb glaubte längst keiner der Gefangenen mehr an einen Sieg und eine damit verbundene Befreiung.

Während die Arbeiten an den Sturmgeräten unaufhaltsam vorwärts gingen, ließ es sich Batu, der Khan der Goldenen Horde, nicht nehmen, die Stadtmauern der Stadt Kiew persönlich zu inspizieren, um mögliche Schwachstellen im Verteidigungssystem der Stadt ausfindig zu machen.

„Hier, am Polnischen Tor, werden wir am schnellsten durchbrechen können", meinte er an Subatei gewandt, dem altgedienten mongolischen Heerführer, der schon an der Seite Dschingis Khans geritten war, sowie Berke, seinem Bruder. Beide begleiteten Batu Khan auf seinem Ritt. „Da die Mauer hier aus Holz ist, wird sie unseren Rammböcken nicht lange standhalten können. Bei Tengris, dem Gott unserer Ahnen, schwöre ich, dass diese Stadt bald aufgehört haben wird zu existieren."

Zustimmend nickte Subatei.

„Ja", sagte er zuversichtlich. „Lange werden wir wohl kaum brauchen. Erst Kiew und dann weiter nach Westen. Wir werden nicht eher ruhen, bis wir diesem aufsässigen Ungarnkönig Bela die Antwort gegeben haben, die ihm gebührt." ....